心之罪 克莉絲蒂一生非寫不可的六個愛的故事 4

Agatha Christie

母親的女兒

A Daughter's a Daughter

阿嘉莎·克莉絲蒂 著　柯清心 譯

遠流出版公司

名家如獲至寶推薦（依姓名筆畫排序）

吳念真 知名導演、作家

袁瓊瓊 知名作家

詹宏志 PChome Online 董事長

楊　照 知名作家／評論家／新匯流基金會董事長

鍾文音 知名作家

| 目錄 |

名家推薦
（依姓名筆畫排序）

這不是導讀，也不是序，只是一點點閱讀的感觸

——吳念真　知名導演、作家

阿嘉莎．克莉絲蒂的書迷遍及兩、三代數億的人口，而我承認自己只是其中極其平庸的一個。

平庸的證據之一是，每回出國前都不會忘記在隨身行李中塞進一、兩本她的書，但總要在飛機上或旅館中看完幾頁之後才猛然發現：搞什麼，這一本不是多年前就早已看過？

是，依稀看過，但結果是一路讀下來卻依舊樂趣無窮。內容大部分已然遺忘的，讀起來彷彿又是一本新書，內容記得的，則在翻閱書頁的過程中伴隨著起伏的記憶，總會難以避免地想起第一次讀到這個故事時的過往時日，以及當時的點點滴滴，一如

一首老歌在耳邊輕輕響起。

時光飛逝，眨眼間遠流出版公司推出克莉絲蒂的推理全集至今已將近十年，且不說在這之前已陸續讀過這位「謀殺天后」的人，即便對當時才開始接觸克莉絲蒂的讀者來說，想必也無法否認那一個一個的故事也已經都是老歌一首了。

記得推理全集出版的當年許多人都撰文推薦，包括金庸先生。他說：「閱讀她的小說，在謎底沒有揭露前，我會與作者鬥智，這種過程令人非常享受。」這是高手之言。然而對一個單純的讀者來說，詹宏志先生說得準確，令人會心，他說：「整個世界對聽這些故事如此熱情，他們捨不得睡覺，每天問後來還有嗎？還有嗎？永遠不肯離去。」

克莉絲蒂……還有嗎？你是否也曾這樣問過，一如全世界不同世代的許多讀者？正如金庸先生曾說過的，克莉絲蒂的「佈局巧妙，使人完全意想不到！」她果然還有。

我們無法想像一九三〇年代當阿嘉莎．克莉絲蒂以一系列的推理小說開始扮演類似「《天方夜譚》故事中每天說故事說個不停的王妃薛斐拉柴德」（詹宏志先生的形容）這個角色的同時，她以「瑪麗．魏斯麥珂特」這個筆名在二十幾年中寫下【心之罪】這六部風格完全迥異的小說，並且隱瞞作者真實的身分長達十五年之久。

或許大家都熟悉某些對跨界作家的描述，比如「左手寫小說，右手寫散文」或者「右手寫評論，左手寫詩」，但請原諒，我實在無法對阿嘉莎．克莉絲蒂和瑪麗．魏斯麥珂特這樣的「分身創作」給予一個準確的形容。

總要在讀完瑪麗．魏斯麥珂特這六部小說之後，才約略可以想像：啊，如果阿嘉莎．克莉絲蒂是幕前亮麗的角色，那麼瑪麗．魏斯麥珂特彷彿才是落幕之後她真實的自己。

如果前者是以無比的才華用一個一個精彩的故事取悅自己、迷醉讀者的話，後者則是在離開掌聲和絢爛的燈光之後，冷靜而誠實地挖掘自己內心深處所累積的種種疑惑和祕密，以另一種形式故事跟讀者交心。

這些小說裡不但真實地呈現阿嘉莎．克莉絲蒂童年的記憶以及一次世界大戰中她個人的經歷，甚至自己不圓滿的婚姻以及對家庭、情感的質疑，都能在其中找到蛛絲馬跡。

❖

寫作最難的不是無中生有的虛構，而是最直接的自剖。

自剖對創作者來說有一首歌的歌名正是準確無比的形容：痛並快樂著。

一九四四年克莉絲蒂以瑪麗．魏斯麥珂特的筆名出版了《幸福假面》。

她在自傳中是這樣描述這本書的：「……我寫了一部令自己完全滿意的書（請注意『自己』這兩個字）。……這本書我寫了整整三天……一氣呵成……我從未如此拚命過……我一個字都不想改，雖然我並不清楚書到底如何，但它卻字字誠懇，無一虛言，這是身為作者的至樂。」

看到這樣的描述當下熱淚盈眶，相較於她或許沒有資格定位自己為寫作者，但在某些文字形成的時刻裡，這樣的感覺……我完全都懂。

❖

你將讀到的是瑪麗·魏斯麥珂特——那個真實的阿嘉莎·克莉絲蒂——推心置腹的六部小說。

讀完之後也許你還是會問：還有嗎？

我似乎只能這樣回答你了：虛構可以無窮，真實的人生卻唯獨一回。

「心理驚悚劇」的巨大實驗

——詹宏志 PChome Online董事長

人生的彼此傷害並不限於掠奪與謀殺；人際間的誤解、嫉妒、傲慢、背叛、猜忌，甚至是個人野心或感情的挫折與心碎，也都足以構成暴烈的衝突。

英國「謀殺天后」阿嘉莎·克莉絲蒂當然是編構謀殺情節的高手，但她人情練達，洞悉世情，早就看出人心險峻不限於謀殺，光是家庭裡、情人間的心底波瀾就足以讓任何一個故事驚心動魄，讓你像讀謀殺故事一樣屏息以待，心情跟著七上八下。她在生前曾經以化名瑪麗·魏斯麥珂特寫出這系列堪稱「心理驚悚劇」的巨大實驗，如今這些書回歸阿嘉莎名下，重新出版，不讀它無法全面了解謀殺天后的全貌。

名家導讀
（依姓名筆畫排序）

比克莉絲蒂更貼近克莉絲蒂

——楊照 知名作家／評論家／新匯流基金會董事長

我們所熟悉的推理小說家阿嘉莎．克莉絲蒂曾經藏身在另外一個身分裡，寫了六部很不一樣的小說。

一九三〇年，出版克莉絲蒂推理小說的英國出版社，出版了一本名叫 *Giant's Bread* 的書（中譯《撒旦的情歌》），作者是Mary Westmacott（瑪麗．魏斯麥珂特）。之後在一九三四年、一九四四年和一九四八年，這位魏斯麥珂特女士又出版了另外三本小說。再過一年，一九四九年，一篇刊登在《泰晤士報》週日版的專欄公開宣告：瑪麗．魏斯麥珂特其實就是克莉絲蒂。克莉絲蒂沒有出面否認這項消息，也就等於承認了。之後，即使大家都已經知道魏斯麥珂特就是克莉絲蒂了，還是有兩本書以這個名字出版，一本在一九五二年，另一本在一九五六年。

為什麼克莉絲蒂要換另外一個名字寫小說？為什麼隱藏真實身分的用意破功了，她還是繼續以魏斯麥珂特的名字寫小說？

最簡單的答案：因為她要寫很不一樣的小說，所以要用不一樣的名字。藏在這個簡單答案底下有稍微複雜些的條件：

第一、因為克莉絲蒂寫的小說風格太鮮明也太成功，儘管到一九三〇年，她不過才累積了十年的小說資歷，卻已經吸引了許多忠實的讀者，在他們心目中，克莉絲蒂的名字就是精彩推理閱讀經驗的保障，克莉絲蒂和出版社都很了解這種狀況，他們不願意、不能冒險——如果讀者衝著克莉絲蒂的名字買了書，回家一看，從第一頁看到最後一頁，卻完全沒看到期待中的任何推理情節，他們將會如何反應？

第二、克莉絲蒂的創作力與創作衝動實在太旺盛了。十年之間，她寫了超過十本推理小說，平均每年至少一本；推理小說不比其他小說，需要有縝密的構思、規劃，照理講是很累人的。但這樣的進度卻沒有累倒克莉絲蒂，她還有餘力想要寫更多的小說，寫不一樣的小說。

如此旺盛的創作力與創作衝動從何而來？或許我們能夠在魏斯麥珂特寫的小說中得到些線索。

第一本以魏斯麥珂特名字發表的小說是《撒旦的情歌》。小說中的男主角在備受保護的環境中長大，自然地抱持著一種天真的人生態度。不過，接踵而來的大事：戰爭與婚姻，讓他迷惑失落了。和他那一代的其他歐洲青年一樣，他們原本對戰爭抱持著一種模糊而浪漫的想像，認為戰爭是打破時代停滯、提供英雄主義表現的舞台。但真實的戰爭，卻是無窮無盡不斷反覆、可怕殘酷的殺戮。

同樣地，真實的婚姻也和他的想像天差地別。婚姻本身無法創造和另一個人之間的親密關係，反而在日日相處中更突出了難以忍受、難以否認的疏離。

儘管他幸運地躲過了戰場上的致命傷害，可是家中卻接到了誤傳的他的死訊。他太太以為他死了，很快就改嫁。在憂鬱迷惑中，他遭遇了一場嚴重車禍，短時間內遺忘了自己究竟是誰。在失去身分的情況下度過一段時間後，他恢復了記憶，記起自己所有的不快樂，於是他決定乾脆放棄原本的人生，和過去切斷了關係，給自己一個新的名字，一份新的職業，變成了一個音樂家。

可以跟大家保證，整部小說裡沒有一點推理的成分。但如果我們對照這段時期中克莉絲蒂自身的遭遇，卻可以很有把握地推理出她寫這部小說的動機。

一九三〇年克莉絲蒂再婚，嫁給了在中東沙漠裡認識的考古探險家。邁向第二次婚姻的過程，想必給了克莉絲蒂足夠勇氣來面對自己失敗的第一次婚姻。她的第一次婚姻，在一九二六年，她三十六歲那年瓦解的。那一年，她母親去世，她必須去處理後事，並整理母親的遺物，她的丈夫卻無論如何不願意陪她同去。她的丈夫曾經參加過第一次世界大戰，是英國皇家空軍的飛行員。丈夫表示：戰場上的恐怖經歷，使得他徹底失去面對死亡傷痛的能力，他就是沒辦法跟她一起去。克莉絲蒂強撐著，孤單地回到童年的房子裡，孤單地忍受了房子裡再也不會有媽媽在的空洞與冷清。

然而，等到她從家鄉回來，等著她的卻是丈夫的表白：他愛上了別的女人，一定要和克莉絲蒂離婚。連番受挫的克莉絲蒂失蹤了十一天，被找到後她說她失去了記憶，忘記了自己是誰。她投宿飯店時，在登記簿上寫的，果然不是她自己的名字，而是她丈夫的情婦的名字。

兩相對照，很明白吧！克莉絲蒂用小說的形式整理了自己的傷痛、婚姻的疏離與突然的離棄，另外她也明確給了自己一條生命的出路：換一個身分——當然不是換成丈夫愛上的情婦，而是換成一個創作者，創作出自己可以賴以寄託的作品來。

這樣高度自傳性的內容，無法寫成克莉絲蒂最拿手的推理小說，或者該說，如果添加了推理元素來寫成小說，那就無法保留具體經驗的切身性，為了這切身的感觸，克莉絲蒂非得把這些內容寫下來，即使必須另外換一個筆名，都非寫不可。

❖

以魏斯麥珂特為名發表的第二本小說，是《未完成的肖像》，裡面有著同樣濃厚、甚至更加濃厚的自傳意味，就連克莉絲蒂的第二任丈夫都提醒我們：閱讀這部小說，對我們了解克莉絲蒂會有很大的幫助。小說主角希莉亞內向、愛幻想而且性格依賴，和《撒旦的情歌》裡的男主角同樣在封閉、受保護的環境中長大。然後她長大、結婚、有了一個孩子、開始寫作，接著承受了巨大的心理創傷。小說裡的細節和克莉絲蒂自己的生平有些出入，但小說中描寫的感受與領會，卻比克莉絲蒂在《克莉絲蒂自傳》中所寫的，更立體、更鮮明也更確切。

還有一本魏斯麥珂特小說，應該也反映了克莉絲蒂的真實感情，那是《幸福假面》，一個中年女性被困在沙漠中，突然覺察到她的人生，她和自己、她和家人、她和世界的關係，豈不也受困了嗎？她不得不懷疑起丈夫、孩子究竟是如何看待她的，更重要的，她究竟如何看待自己，自己的生活又是什麼？

❖

這些小說，內在都藏了克莉絲蒂深厚的感情，在這裡我們看到的，不是推理小說中的那個聰明狡獪、能夠設計出種種巧計的克莉絲蒂，而是一個真實在人間行走、觀察、受挫、痛苦並且自我克服的克莉絲蒂。

弔詭地，叫做魏斯麥珂特的作者，比叫做克莉絲蒂的作者更接近真實的克莉絲蒂。換個方式說，寫推理小說時克莉絲蒂是個寫作者，設計並描寫其實並不存在的犯罪與推理情景，只有化身做魏斯麥珂特，她才碰觸自我——藏在小說後面探測並揭露自我的實況。

推理之外的六把情火，照向浮世男女

——鍾文音 知名作家

克莉絲蒂一生締造許多後人難以超越的「克莉絲蒂門檻」。八十六歲的長壽，加上勤寫不輟，一生發行了超過八十本小說與劇本。且由於多數作品圍繞著兩大人物，以至於克莉絲蒂的名字常與其筆下的「名偵探白羅」與「瑪波」掛在一起，猶如納博科夫創造「羅莉塔」，最後筆下的人物常超越了作者盛名，轉為流行語與代名詞。其作品《東方快車謀殺案》、《尼羅河謀殺案》、《捕鼠器》也因改編成影視與舞台劇，與作者同享盛名。

總之「阿嘉莎．克莉絲蒂」等同是推理小說的代名詞，那麼「瑪麗．魏斯麥珂特」呢？她是誰？

她是克莉絲蒂的另一個分身，另一道黯影，另一顆心，另一枝筆。

曾經克莉絲蒂想要從自我的繭掙脫而出，但掙脫過程中，她必須先和另一個寫推理的自我切割，好得以完成蛻變與進化；因而她用「瑪麗．魏斯麥珂特」這個筆名寫出推理之外的人生與愛情世界。妙的是，她寫的愛情小說卻也帶著推理邏輯，一個環套著另一個環，將人性的峰迴路轉不斷地如絲線般拉出，人物出場與事件的鋪陳往往在關鍵時刻留予讀者意想不到的結局，或者揭櫫了愛情的真相。把愛情寫得像推理劇，把推理劇寫得像愛情，箇中錯綜複雜、細節幽微往往是克莉絲蒂最擅長的筆功。

這六本愛情小說，克莉絲蒂，這位謀殺天后企圖謀殺的是什麼？愛情是一場又一場不見血的謀殺，愛情往往是殺死人心的最大元凶，愛情是生命風景裡最大的風暴，也是在際遇裡興風作浪的源頭。時間謀殺愛情，際遇謀殺愛情，悲愴謀殺愛情，失憶謀殺愛情……克莉絲蒂謀殺的是自己的心頭黯影，為的是揭開她真正的人生故事。

為何克莉絲蒂要用筆名寫出另一個「我」？從而寫出《未完成的肖像》、《愛的重量》、《幸福假面》、《母親的女兒》、《撒旦的情歌》、《玫瑰與紫杉》等六本環繞「情」的小說？光從書名就知道，書中情節洋溢著愛情的色彩與人生苦楚的存在探勘。處女座的她對寫作一絲不苟，有著嚴格認真的態度，同時這種秩序與理性也表現在語言的簡潔與簡約，不炫技的語言往往能夠很快進入敘事核心（此也是其能大眾化之故）。

❖

我們回到克莉絲蒂寫這六本小說的處境與年代或許會更靠近她，這些小說陸續發表於一九三〇至五六年間，這漫長的二十六年裡，她經歷第二次世界大戰與自己的人生戰爭：喪母之慟、失憶事件、離婚之悲……接著是再婚，人生和其筆下的故事一樣高潮迭起。其中被視為克莉絲蒂半自傳小說的《未完成的肖像》，描述「希莉亞」為人妻與人母的心理恐懼黯影，有如女作家的真實再現，「她留下了她的故事以及她的恐懼——給我……我不知道她去了哪裡，甚至不知道她的姓名。」讀畢似曾相識卻又陷入迷惘的想不起來之感。

這六本小說的寫作結構雖具有克莉絲蒂的推理劇場元素，但其寫作語言卻回歸愛情的浪漫本身，詩語與意象的絕妙運用，出現在小說的開始與情節轉折處。可以讀出克莉絲蒂試圖想要擺脫只寫推理的局限，她費盡多年用另一枝筆想要擺脫廣大的閱讀群眾（金氏世界紀錄寫克莉絲蒂是人類史上最暢銷的作家）。至於寫得成不成功，我以為是另一件事，重點是她竟能用另一個筆名（另一種眼光）在當時揚起一場又一場愛情書寫的生命大風。

故這套書系用的雖是筆名，可堪玩味的是故事文本指向的卻是真正的克莉絲蒂。誠如在《母親的女兒》裡她寫出了雙重雙身的隱喻：「莎拉過著一種生活。而她——安妮——過著另一種生活，屬於自己的生活。」

克莉絲蒂擅長描繪與解剖關係，在《愛的重量》裡寫出驚人的姊妹生死攸關之奇異情境，姊與妹彼此既是罪惡的負擔，也是喜悅的負擔，最後妹妹為姊姊的罪行付出了代價。在《母親的女兒》裡處理母女關係——母親因為女兒放棄了愛，但也開始憎恨女兒的奧妙心理。克莉絲蒂往往在故事底下埋藏著她的思維，各種關係的拆解與重組，夫妻、母女、姊妹、我……之心理描摹，絲絲入扣至引人深省。心之罪就像是「七宗罪」，藉此探討了占有、嫉妒、愛的本質、關係的質疑、際遇的無常性、不平等的處境、自我觀照、個體與他人……六本愛情小說也可說是六本精神分析小說。在克莉絲蒂寫實功力深厚的基礎下，步步布局，故有了和一般愛情浪漫小說不同的文本，不到最後關頭，不知愛情鹿死誰手，不知故事最後要謀殺分解愛情的哪一塊，貪嗔痴慢疑皆備。

克莉絲蒂筆下的愛情帶有自《簡愛》時代以來的女性浪漫與女子想要掙脫傳統以成為自我的敘事特質，但克莉絲蒂也許因為經歷外在世界的戰爭與自我人生的殘酷撕裂，故其愛情書讀來有時具有張愛玲的惘惘威脅之感，尤其是《未完成的肖像》裡的希莉亞，逐步帶引讀者走向無光之所在，乍然下恍如是曹七巧的幽魂再現。

❖

「要做個藝術家，就得要能不理全世界才行——要是很自覺別人在聽著你演奏，那就一定要把這當成是種刺激的動力。」《未完成的肖像》裡鋼琴老師對希莉亞的母親說的這麼一段話，是我認為克莉絲蒂的「內我」對藝術的宣告。作為一個大眾類型小說的作者，要「不理全世界」、要擺脫「別人」，這簡直是難上加難，莫怪乎她要有另一個舞台，好掙脫大眾眼光與推理小說的緊箍咒。

但克莉絲蒂畢竟還是以克莉絲蒂留名於世，她獲得大眾讀者的目光時，也悄悄地把真正的自己給謀殺了。於是她只好創造「瑪麗．魏斯麥珂特」來完成真正的自己。

也因此「瑪麗．魏斯麥珂特」才是真正的克莉絲蒂。而克莉絲蒂的盛名卻又謀殺了「瑪麗．魏斯麥珂特」。但最後兩個名字又巧妙地合而為一，因為為了辨識度，這六本小說往往是兩個名字並列，虛實合一。

她把自己的生命風暴與暗影寫出，也把愛情的各種樣貌層層推理出來。這六本愛情小說是她留給讀者有別於推理的愛情禁區與生命特區。克莉絲蒂寫作從不特別玩弄技巧，她僅僅以寫實這一基本功就將愛情難題置於推理美學中，將人生困境隱藏在羅曼史的浪漫外皮下，於今讀其小說可謂樸實而有味，反而不那麼羅曼史（甚至是藉羅曼史反羅曼史）。

其擺脫刻板的力道，源於克莉絲蒂在這套書系裡也一併藉著故事誠實處理了自己的內我故事，也因此故事不只是故事，故事這時具有了深刻性，故能如鏡地折射出不同讀者的內心。當一個女作家將「自我」擺入寫作的探照鏡時，往往具有再造自身的深刻力量。

在《母親的女兒》這本小說裡，克莉絲蒂結尾寫道：「多麼美好安靜……」女作家藉著小說人物看到什麼樣的心地風光與世界風景？

「神所賜的平安，非人所能理解……」

是寧靜。

是了解。

是心若滅亡罪亦亡。

種種體悟，故從房間的黑暗深處往外探視，黎明已然再現，曾有的烏雲在生命的上空散去。

女作家藉著書寫故事與自己和解。猶如克莉絲蒂所擅長寫的偵探小說，其寫作主要使用都是密室推理法，層層如洋蔥剝開內裡，往往要到結局才知誰是真凶。這回瑪麗先是企圖殺死克莉絲蒂，但反之被克莉絲蒂擒住，最後兩人雙雙握手言歡。

故事的字詞穿越女作家的私密心房，抵達了讀者的眼中，我們閱讀時該明白與珍視的是克莉絲蒂這樣坐擁大眾讀者的天后級人物，是如何艱難地從大眾目光裡回到自身，從而又從自身的黑暗世界裡再回到大眾。

我覺得此才是克莉絲蒂寫這套書的難度之所在。

她的這六本小說創造一個新的自己，她以無盡的懸念來勾引讀者的心，冷酷與溫暖的色調彼此交織，和其偵探小說一樣適合夜晚讀之，讀一本她的小說猶如走一趟驚險與華麗的浪漫愛情之旅。但閱讀的旅程結束，真正的力道才浮上來，那就是讀者應該掙脫故事情節的表層，從而進入女作家久遠以來從未離去的浪漫懷想之岸，屬於女作家的浪漫是知其不可而為之，即使現實往往險惡，即使愛情總是幻滅，即使有一天自己也會遠離大眾。

寫作是克莉絲蒂抵抗一切終歸無常的武器，而愛情則是克莉絲蒂永恆的浪漫造山運動，如靜靜悶燒的火焰，是老派的愛情（吻竟是戀人身體的極限書寫），這種老派愛情現在讀來竟是真正的相思定錨處，不輕易繳械自己的愛情，一旦繳械就陷入彼此生命而難以脫鉤。

克莉絲蒂筆下的相思燎原，六本小說猶如六把情火，火光撲天，照向浮世男女，各種世間情與人性頓時被她照得無所遁形呢。

特別導讀

女人的第二春

——袁瓊瓊 知名作家

張愛玲在一九四二年寫出了這樣的句子：「所有的女人都是同行。」在張愛玲的時代，多數女人的職業是婚姻，所以凡是女人，皆為同行。女人「同行」的歷史比人類歷史只短那麼一點點，有權力選擇嫁人之外的「職業」是近百年的事情。因為「同行」，所以「同行相忌」，即為母女亦在所難免。

阿嘉莎．克莉絲蒂在一九五二年寫的這本書，某方面在印證張愛玲的觀點。女人總是「同行相忌」，無論她們彼此是什麼關係，有多麼親密有多麼相愛，但是，進入了相同的「職場」之後，彼此間幾乎就只剩下一種意識：想把對方比下去。

在《母親的女兒》裡的女性角色，除了安妮和莎拉之外，有兩個著墨不多，卻相當重要的人物，一是蘿拉女爵，另一就是女僕艾迪絲。蘿拉女爵是書中的智慧代表，她獨立自主、洞察人心與世事。艾迪絲雖然是女僕，卻幾乎也具有同樣的能耐，她能直見真相，並且識人極準。這兩個代表智慧和真理的女性角色，其共同特點是：都上了年紀，而且獨身，換言之，她們不在「職場」上。其他的女性，例如安妮「前未婚夫」的新婚妻子、莎拉的女友們，無一不充滿較量意識。而安妮和莎拉在故事起始，原本還算是母慈女孝的親密關係，也在安妮決定再婚之後掀起巨浪。母女關係的毀壞，幾乎完全肇因於此。

為什麼相依相賴數十年的母女關係，在認識不及一個月的陌生男性介入後，竟爾完全破功並至不可收拾？唯一解說似乎便是：在「職場」上的時候，女性的競爭意識可能已然內化入DNA內，以至於她們在對抗和爭執之時，不再意識到自己計較的，其實是「業績」。在任何其他部分，安妮和莎拉這對母女都寧可犧牲自己也要讓對方快樂，但是若果進入婚姻，便無論如何也要拚個頭破血流。

身為女兒的莎拉不贊成母親再婚，表面原因似乎是討厭母親的對象查理，其實真正原因是嫉妒。在書的末尾，莎拉承認了這一點。她說：「我當時因擺脫可憐的查理而自得不已，如今我明白自己只是在嫉妒，既幼稚又可惡。」

這個「嫉妒」，一般解釋作：女兒不願意「另一個男人」搶走了母親的愛。但是離開自己想再婚的對象之後，安妮成為了交際花似的人物，與不同的男友們「夜夜笙歌」，莎拉反倒安之若素。很明顯，她不介意母親身邊有男人陪伴，不介意母親或許喜歡數個男人，她反對的，只是母親的婚姻。

相對的，母親安妮也用微妙的方式來毀壞女兒。她明知女兒的對象有問題，卻不聞不問，表面看來似乎是不干涉女兒的婚姻自主，骨子裡卻帶有漠視女兒幸福的惡意。既然自己的幸福讓女兒莎拉給毀了，那麼憑什麼莎拉就應該擁有幸福呢？

若只是單純對比，《母親的女兒》與張愛玲的《金鎖記》有類同之處。《金鎖記》中的母女較量慘烈，女兒處於無法招架的一方，最後的對抗之道便是讓自己徹底毀壞，成為母親無能的活證明。而與之相對照，克莉絲蒂這本書成了輕喜劇，母女之間，無論是對抗或計較，全都高來高去，正面衝突極少。這或許就是西方與東方的差距。東方擅長以不斷的小動作來打擊「對手」，而西方唯是漠然。愛一個人時，給他空間；恨一個人時，給他更大的空間。對待愛人和仇人用同樣的方法，表面上看來無差別，唯有當事人冷暖自知。

蘿拉女爵在故事開始時，曾經說過一段話。那時安妮和莎拉的母女關係穩固親密。莎拉頭一次離家去遠方，脫離了母親的羽翼庇護。換句話說，安妮面對了她的「空巢期」。

「空巢期」可以目為一種失落，也可以當作是轉機，那個「位置」空出來了，表達的不是一無所有，而是可以裝新的東西進去。克莉絲蒂在六十年前，把我們現在稱之為「空巢期」的現象，定名為「第二春」。蘿拉女爵對於第二春的詮釋是這樣的：「我不是指任何實質的東西，而是指心理狀態。……女人的『第二春』是心理與心靈的，發生於中年期。女人愈老，對與個人無關的事物愈感興趣，男人關注的事物面向愈來愈窄，女人則愈來愈寬廣。」

換言之，女人的「第二春」，意味著人生的種種可能性再度開展。在安妮的時代，因為女人的「職業」只有一種，所有的「可能性」——至少對於一般女性——多數與男人有關。克莉絲蒂在書裡為我們講述了這一對母女因為將「可能性」專注於男人身上，為雙方關係和自己的人生掀起了狂大的風浪。幸而近代女性的選擇面向增大，在人生第二春的時候，事實上全世界的可能性都在她們面前。帶著比過去更為豐富的閱歷，更為成熟的認知，第二春或許是女性人生的黃金時代。克莉絲蒂在六十年前藉由蘿拉女爵之口，為我們做了這樣的預告：

「等著看吧，抱持希望靜靜地等待，你會明白，寶貴的事物將填滿你的生活。」

第一部

第一章

安妮．潘提斯站在維多利亞車站月台上揮手。

火車接連彈動數下，然後緩緩駛離，莎拉的黑髮便消失不見了。安妮．潘提斯轉身慢慢離開月台，朝出口走去。

她心中五味雜陳，體驗到送別親人的滋味。

心愛的莎拉……她一定會非常思念。雖然僅有短短三週，但公寓裡會變得空空盪盪，只剩她和艾迪絲兩個百無聊賴的中年婦女……

開朗活潑、凡事樂觀的莎拉，還是個長不大的黑髮寶寶……

真糟糕！她怎麼能這麼想！莎拉其實常令人氣到七竅生煙，這孩子——還有其他同齡的女孩——就是不把父母放在眼裡。「少大驚小怪了，媽。」她們老愛嗆說。

她們自然是茶來伸手飯來張口，你得幫她們送洗衣服、領衣服，通常還得幫她們付帳單、打緊急電話（媽，你能不能幫忙打個電話給凱蘿？）、清理從不間斷隨手亂放的雜物（達令，我本來真的要清理，可是我趕時間）。

「以前我小時候呀……」安妮想著。

思緒飄回從前。安妮來自傳統保守的家庭，母親生她時已年過四十，父親年紀更大，比母親長十五、六歲，家裡按父親的意思管理。

爸媽都擺明了不溺愛小孩，但親子感情很好。

「我親愛的女兒。」「爸爸的心肝寶貝！」「有什麼我能幫你拿的嗎？親愛的母親？」整理家務、跑腿、記帳、寄發邀請及社交信函，這些安妮都得責無旁貸地參與。女兒得侍奉父母，而非反其道而行。

安妮經過書報攤時，突然自問：「究竟哪種方式最好？」

這問題竟然不易回答。

安妮瀏覽攤上的書報雜誌，想找份打發今晚的讀物，結果決定不買也無所謂，反正這只是一種習慣罷了；就像流行語一樣，有段時期大家時興說「很棒」，後來變成「正點」，然後又成了「超讚」，再來是「太正了」，另外還有「很哈」等等之類的。

不管是子女侍奉父母，或父母為子女辛勞──親子間的緊密關係並不因此有所差別，安妮相信她和莎拉有著深厚篤實的愛。她和自己的母親呢？現在回想，安妮覺得母親慈愛的外表下，其實偶有淡淡的疏離。

她自顧自地笑著，買了一本幾年前讀過、企鵝出版社的好書。這書現在讀來或許有些傷感，但無所謂，反正莎拉不在家……

安妮心想：「我會想她……我一定會想她的，但家裡會變得非常寧靜……」

她接著又想：「艾迪絲也可以好好休息了，她討厭老被打斷計畫、用餐時間改來改去的。」

莎拉和她的朋友總是來去匆匆，打電話來改時間。「親愛的老媽，我們能早點開飯嗎？我們想去看電影。」「媽，是你嗎？我打電話是想告訴你，我沒法回來吃午飯了。」

已服務二十多年的忠僕艾迪絲工作量因此爆增三倍；對她來說，作息時間不斷被擾亂，實在非常惱人。

莎拉就說，艾迪絲經常變臉。

即使如此，莎拉仍然隨時差得動艾迪絲；艾迪絲嘴上雖然會念，但還是非常疼愛莎拉。

現在僅剩她跟艾迪絲了，家裡將非常安寧……寂靜無聲。安妮忍不住打了個寒顫，心想：「如今只剩一片死寂……」靜靜地步向晚年，直至老死，再也沒什麼可期待了。

「但我究竟想要什麼？」她自問，「我已擁有一切，與帕崔克有過幸福的婚姻，有個孩子，此生已無缺憾，如今……都過去了。現在莎拉將接續我的日子，結婚、生子，而我則要晉級當奶奶了。」

安妮自顧自地笑起來，她會喜歡當奶奶的。安妮想像著，莎拉會生幾個可愛活潑的孩子：跟莎拉一樣有著黑色亂髮的調皮男孩、胖嘟嘟的小女孩；她會為孩子們念書、說故事……

想到未來，安妮笑了。但剛才的寒意猶在。帕崔克若還活著該有多好，往日的愁緒再次襲來，那已是好久前的事了，當時莎拉僅三歲。時日久遠，傷痛早已療癒，安妮憶及帕崔克時，已不再心痛難耐。她所深愛的那個年輕、性急的丈夫，此時已離她好遠，就像如煙的往事。

但今天愁緒捲土重來，假如帕崔克猶健在，莎拉即使離開——無論是去瑞士滑雪，或嫁人離家——她和帕崔克仍能相守偕老，分享生活的點滴起伏，她也不會那麼孤單了……

安妮．潘提斯走進車站中庭的人群裡，心想：「那些紅巴士看起來好恐怖——像怪獸似的排隊等著吃人。」它們似乎擁有自己的生命，說不定還會與製造它們的人類為敵。

這裡如此忙碌擁擠，人群行色匆促，或高聲談笑，或大聲抱怨，或聚首，或別離。

安妮突然再次受到孤寂的衝擊。

她心想：「其實莎拉是該離家了。我對她依賴日深，也害她對我依戀過頭。我不該那樣，不該綁住年輕人、阻礙他們追求自己的生活。那樣太不該，真的太不應該了……」

她必須退居幕後，鼓勵莎拉自己去決策籌劃、交自己的朋友了。

安妮又笑了，因為莎拉根本不需鼓勵；她朋友成群，計畫一個接著一個，自信滿滿地東奔西忙，樂在其中。莎拉很愛母親，但畢竟兩人年紀有落差，無法跟她膩黏在一起。

莎拉覺得四十一歲挺老了，但不服輸的安妮還不願自稱中年。不是故意不認老；安妮幾乎不化妝，衣著帶了絲村姑進城的土氣——整潔的外套、裙子，和小串的珍珠項鍊。

安妮嘆口氣。

「我幹嘛胡思亂想。」她大聲地自言自語說道，「大概是因為送莎拉離家的關係吧。」

法國人是怎說的？*Partir, c'est mourir un peu*……（道別等於死去一點點。）

說得真貼切。莎拉被呼嘯的火車帶走的那一刻，對做母親的而言，有如生離死別。「但莎拉應該不會這麼想吧。」安妮心想，「距離真是奇妙的東西，兩地相隔……」

莎拉過著一種生活。而她——安妮——過著另一種生活，屬於自己的生活。

淡淡的喜悅取代了先前的憂慮，現在她可以自行選擇何時起床、做什麼事了；她可以安排自己的時間，早早端著餐盤窩到床上，或去看戲看電影，或者搭火車到鄉間閒逛，穿越稀疏的樹林，看錯綜散布於枝頭間的藍天……

她當然能隨時做這些事，但兩人同住，往往會有一人主導生活的模式，安妮很樂於從旁輔助東奔西忙的莎拉。

為人母真的非常有意思，就像自己又活一遍，但免卻了青春的煩惱青澀，因為你已曉得事態的輕重，懂得一笑置之了。

「可是，媽，」莎拉會很緊張地說，「這件事真的很嚴重，你怎麼還笑得出來，娜迪亞覺得她都快完蛋了！」

四十一歲的人，知道人的未來很少會完蛋，因為生命比想像的更富彈性與韌度。

戰爭期間，安妮隨救護車工作時，首度了解到生活中的細項何等重要。小小的羨慕、嫉妒、快樂，頭頸的皮膚發炎、包在鞋子裡的凍瘡，這些林林總總的小事，都比可能隨時喪命來得更迫切而重要。死亡應該是嚴肅重大的議題，但實際上你會很快適應它，反倒是那些小事令人難以忽略。或許正因為死亡隨時可能降臨，時間格外短促，所以才愈去在乎那些小事吧。安妮還見識到人性的弔詭，了解到難以用「非黑即白」的方式評估人類，那是年輕血氣方剛時的做法。安妮就曾經目睹有人發揮大無畏的精神拯救一位受害者，接著卻彎身竊取受害者身上的財物。

人其實非常矛盾。

安妮猶疑地站在街邊，計程車尖銳的喇叭聲將她從思緒中拉回現實，現在她該做什麼？

她今早都在張羅送莎拉去瑞士的事，晚上打算出門跟詹姆斯．葛蘭特吃飯。親愛的詹姆斯十分溫柔體貼，「莎拉走後你一定會覺得無聊，出門小小慶祝一下吧。」詹姆斯真的好貼心，莎拉總笑稱詹姆斯是「媽媽的模範男友」。詹姆斯非常可愛，但有時滔滔不絕說起又臭又長的故事時，真會讓人聽到恍神。詹姆斯真的很愛「想當年」，不過對認識了二十五年的老友，她至少得耐心聽他說話吧。

安妮看看錶，也許去陸海百貨公司走一趟吧，艾迪絲一直想增添些廚房用品。這個決定暫時幫她解決眼下的問題，然而在瀏覽鍋具和詢問價格時，（現在變得好貴！）安妮還是一直感受到心中的惶恐。

最後，她衝動地走進電話亭，撥了號碼。

「請問蘿拉．惠茲特堡女爵在嗎？」

「請問您是？」

「潘提斯太太。」

「請稍待，潘提斯太太。」

安靜片刻後，傳來一句宏亮的低沉聲音：「安妮嗎？」

「噢，蘿拉，我知道這時候不該打電話給你，可是我剛送莎拉走，如果你今天很忙……」

對方果決地說：「你過來跟我一起吃午飯吧，吃裸麥麵包和脫脂牛奶好嗎？」

「什麼都可以，你真好。」

「那麼一點十五分見，等你哦。」

❖

安妮來到了哈里街，等付過計程車費、按響門鈴時，只差一分鐘就一點十五分了。

幹練的哈克尼斯開門微笑歡迎道：「請直接上樓，潘提斯太太，蘿拉女爵大概再幾分鐘就好了。」

安妮輕奔上樓，原本屋中的餐廳已改成接待室，頂層則改為舒適的居住空間。客廳有張吃飯用的小桌，房間本身頗具陽剛氣，不像女性用的。凹陷的大椅子、書籍多得滿出了書架，堆疊在椅子上，還有精緻鮮豔的天鵝絨窗簾。

安妮並未等太久，蘿拉女爵的聲音像盛奏凱旋的低音樂器般先行傳到樓上，她踏入房中，熱情地吻著客人。

蘿拉．惠茲特堡女爵是位六十開外的婦人，渾身散發明星般的貴族氣質，宏亮的聲音、雄偉的胸部、濃密堆高的鐵灰色頭髮和鷹勾鼻，讓她整個人非常搶眼。

「很高興見到你，親愛的孩子，」她說，「你看起來好漂亮，安妮，你為自己買紫羅蘭了呀？真有眼光，紫羅蘭跟你最搭了。」

「枯萎的紫羅蘭嗎？真是的，蘿拉。」

「很有秋的味道，葉子遮住就看不見了。」

「這不像你會說的話，蘿拉，你一向快人快語！」

「快人快語有它的好處，不過有時滿難的。咱們快吃吧，貝瑟特呢？啊，在那兒。這份鰈魚是給你的，安妮，還有一杯德國白酒。」

「噢，蘿拉，你不必這麼費事的，脫脂牛奶跟裸麥麵包對我來說就很好了。」

「脫脂牛奶只夠我喝而已，來吧，坐。莎拉要去瑞士多久？」

「三個星期。」

「很好啊。」

瘦骨嶙峋的貝瑟特離開房間了，女爵開心地啜飲脫脂牛奶，並開門見山地表示：「你會很想念她，不過我想你來這兒並不是要告訴我這件事。說吧，安妮，咱們時間有限。我知道你喜歡我，但這麼急著打電話找我，通常是為了聽聽本人的高見吧。」

「我覺得好有罪惡感。」安妮歉然道。

「別胡說，親愛的，其實這對我是一種讚譽。」

安妮連忙說道：「噢，蘿拉，我真傻，真的！可是我覺得好惶恐，在維多利亞車站看到那麼多巴士時，我覺得……覺得孤單得要命！」

「我懂。」

「不單是莎拉離開，我會想念她而已，還有別的……」

蘿拉．惠茲特堡點點頭，用精銳的眼神冷靜地凝視安妮。

安妮緩緩說道：「因為到頭來，人終究還是孤單一個，真的……」

「啊，你終於發現人遲早會變成孤單一人了？奇怪的是，大家都覺得很震驚。你多大了，安妮？四十一嗎？在這年紀覺悟最適合了，太老發現的話打擊太大，太年輕時則得鼓起很大的勇氣才能面對。」

「你曾真正感到過孤獨嗎，蘿拉？」安妮好奇地問。

「噢，有啊，我二十六歲時，在一次溫馨感人的家庭聚會中意識到的；我嚇壞了，但只能接受。不要否認事實，你得接受一點：世上只有一人能陪我們由生至死，那就是自己。好好與自己相處，學習與自己共存，方為答案所繫。這不是件容易的事。」

安妮嘆口氣。

「生命似乎變得漫無目標了，我是跟你講實話，蘿拉，往後的歲月不知該拿什麼填補。噢，我想我真是個愚蠢無用的女人……」

「好了，冷靜點，你在戰時做得那麼出色，莎拉被你調教得既有教養又樂觀，這下你可清閒地享受自己的日子了，有什麼好不滿的？老實說，你若跑到我的諮詢室，一定會被我趕出去，半毛錢都不收——我可是很愛錢的老太婆。」

「親愛的蘿拉，你真會安慰人，我想我是太在乎莎拉了。」

「又在胡說了！」

「我一直很害怕變成那種事事掌控，結果反而害了孩子的霸占型母親。」

蘿拉．惠茲特堡冷冷地表示：「最近很流行討論霸占型母親，害得某些女人不敢輕易對子女表露感情。」

「但占為己有的確很糟糕！」

「當然糟糕，我每天都會碰到這種案例。母親把兒子繫在身邊，父親獨占他們的女兒，但不是只有父母會這樣，安妮，我曾在房裡養了一窩鳥，等小鳥羽翼稍豐該離巢時，有隻小鳥死賴著不走，想繼續留在巢中被餵養，拒絕面對落巢的風險。母鳥氣壞了，一遍遍地從巢緣往下飛，為小鳥示範，還對小鳥吱吱叫著拍動翅膀。最後母鳥不再餵食了，牠叼著食物，待在房間另一頭呼喚小鳥。也有像這樣不想長大、不願面對成人世界艱辛的孩子，那與教養無關，是孩子本身的問題。」

她頓了一下，繼續說道：「有人想獨占，有人想依賴，是因為晚熟的關係嗎？還是天生欠缺成人特質？我們對人性的了解仍非常有限。」

「反正啊，」安妮對這議題沒什麼興趣，「你不認為我是霸占型的母親就對了？」

「我一向認為你和莎拉關係良好，兩人相親相愛。」她又慎重地說，「不過莎拉的心智年齡是有點幼稚。」

「我總覺得她挺早熟的。」

「我不這麼認為，我覺得她的心智年齡還不到十九歲。」

「但她態度很正面、自信，且很有教養，極有自己的想法。」

「你的意思是她很有當前流行的想法。但莎拉得過一段時間後才會真正有自己的主見，現在的年輕人想法似乎都很正面，因為他們需要安全感。我們活在動盪的年代，孩子們感受到世事無常，現今泰半的問題皆肇因於此，缺乏安定感、家庭破碎、道德標準不彰。你要知道，幼苗得綁在牢固的支柱上才能茁壯。」

蘿拉突然咧嘴一笑。

「我跟所有老女人一樣，即使身為精英，還是很愛說教。」她將脫脂牛奶一飲而盡，「知道我為什麼喝這個嗎？」

「因為有益健康？」

「非也！因為我喜歡，自從我到鄉下農莊度過假後，便愛上這味道了。還有一個理由是可以與眾不同。人會作態，所有人都會，不得不然，我比大部分人更常如此，不過幸好我很清楚自己在擺譜。現在來談你吧，安妮，你沒什麼問題，只是來到第二春罷了。」

「蘿拉，你指的『第二春』是什麼意思？該不會是說……」她猶疑著。

「我不是指任何實質的東西，而是指心理狀態。女人很幸運，雖然百分之九十九的女人並不自知。聖泰瑞莎幾時才開始改革修道院？五十歲，我可以列舉許多其他例子。二十到四十歲的女人大多專注在傳宗接代、養兒育女上，這是應該的。她們要不將全副精神放在子女、丈夫、情人等私人關係上，要不就是排開一切，投身事業。女人的『第二春』是心理與心靈的，發生於中年期。女人愈老，對與個人無關的事物愈感興趣。男人關注的事物面向愈來愈窄，女人則愈來愈寬廣。六十歲的男人往往像錄音機般不斷重複自己的當年勇，而六十歲的女人，若還有點個性的話，會是很有意思的人。」

安妮想到詹姆斯，忍不住笑了。

「女人會探索新的領域，噢，雖然女人到了中年還是會幹蠢事，有時會亂搞男女關係，不過中年是個充滿可能的年紀。」

「你好會安慰人啊，蘿拉！你覺得我該開始做點什麼嗎？社工之類的？」

「那得看你有多民胞物與了。」蘿拉嚴正地表示，「若無發乎於內的熱情，做社工毫無益處，別勉強從事不想做的事，到時還得回頭安慰自己！沒有什麼結果比這更糟了。如果你喜歡探訪老弱的病婦，或帶蠻橫無禮的小鬼去海邊玩，就儘管去吧，很多人都喜歡幹這種事。安妮，千萬別勉強自己。記住了，所有的田地都得有休耕期；迄今為止，你一直克盡母職，我不認為你會變成改革家、藝術家或典型的社工，你是個相當平凡的女人，安妮，卻也是個非常好的人。等著看吧，抱持希望靜靜地等待，你會明白，寶貴的事物將填滿你的生活。」

她頓了一下又說：「難道你都沒有戀情嗎？」

安妮臉一紅。

「沒有。」她鼓起勇氣，「你認為……我應該談戀愛嗎？」

蘿拉女爵重重哼了口氣，連桌上的玻璃杯都撼動了。

「現在人真是的！維多利亞時期，大家對性避之唯恐不及，甚至把家具的腳用布蓋上！把性藏到眼睛看不見的地方，簡直糟糕透頂。可是現在我們卻奔向另一個極端，性愛像是從藥劑師那邊訂來的東西，跟硫磺藥物和盤尼西林一樣。年輕小姐跑來問我，『我是不是找個情人較好？』『你認為我該生小孩嗎？』以前跟男人上床是神聖的事，不是貪歡享樂啊。你不是熱情如火的女人，安妮，你情感豐富，溫柔婉約，其中當然可以包含性愛，但那對你來說並非首要。若要我預測，我會說，時機適當時，你一定會再婚。」

「噢，不會的，我絕不會再婚。」

「那你今天幹嘛買紫羅蘭別在外套上？你會買花裝點房間，但通常不會戴在身上。那些紫羅蘭是一種表徵，安妮，你買花是因為心底感到回春啊——你的第二春已近。」

「你是指『暮春』吧。」安妮悲傷地說。

「是的，如果你要那麼說的話。」

「說真的，蘿拉，你的講法雖美，但我買花只是因為賣花的婦人一副飢寒交迫的模樣。」

「那是你這樣以為，這僅是表面的理由而已，仔細檢視你真正的動機吧，安妮。學著認識自己，了解自己，那是生命中最重要的事。天啊，已經兩點多了，我得走了。你今晚要做什麼？」

「跟詹姆斯．葛蘭特出去吃飯。」

「葛蘭特上校嗎？當然當然，他是個好人。」蘿拉眼神發亮，「他追你好一段時間了吧？」

安妮．潘提斯紅著臉哈哈笑說：「噢，他把這當作習慣了。」

「他跟你求過好幾次婚不是嗎？」

「是呀，可是全都是在胡鬧而已。噢，蘿拉，你覺得……我應該接受嗎？假如我們兩個都很寂寞……」

「婚姻沒有什麼應不應該的，安妮！湊錯對還不如不要。可憐的葛蘭特上校——我不是在同情他。不斷跟一位女子求婚，還不能讓她改變心意，這種男人基本上就是那種喜歡知其不可而為之的。如果他當年曾在敦克爾克[1]，應該會玩得很樂，但我看〈輕騎兵進擊〉[2]應該更適合他！咱們這個國家的人，總愛把失敗與錯誤掛在嘴上，卻為自己的勝利感到汗顏！」

1 敦克爾克（Dunkirk），位於法國北部的一處海港。第二次世界大戰時，因為三十五萬盟軍在此受到德軍包圍，英國首相邱吉爾乃下令緊急撤軍。敦克爾克大撤退也被視為歷史上秩序最好的一次大撤退。

2 〈輕騎兵進擊〉（the Charge of the Light Brigade），克里米亞戰爭中，有一次由於英軍指揮命令錯誤，以至死傷慘重。英國桂冠詩人丁尼生為此寫下詩作〈輕騎兵進擊〉，廣為大眾流傳。這場戰役也成了失敗戰例的代表。

第二章

安妮回到自家公寓，老僕艾迪絲冷冷地出來迎接。

她站在廚房門口，「我本來幫你準備了很棒的鰈魚，還有焦糖奶凍。」

「對不起，我跟蘿拉女爵吃過午飯了，我不是早早打電話告訴你說，我沒辦法回來嗎？」

「鰈魚我還沒煮。」艾迪絲不甚情願地坦承。她身材高瘦，跟軍人一樣挺拔，嘴角總是緊緊抿著。

「不過朝令夕改不像你的作風，換做是莎拉小姐的話，我就不會訝異了。她出發後，我才找到她一直在找的那雙漂亮手套，可惜太遲了。手套就塞在沙發後。」

「真可惜，」安妮接過漂亮的毛織手套，「她已經離開了。」

「我想她很高興去吧。」

「是啊，她們一群人都開心得要命。」

「回來時可能就沒辦法那麼開心了，很可能拄著拐杖回來。」

要死。」

「哎喲，艾迪絲，快別烏鴉嘴了。」

「瑞士那地方太危險了，萬一斷手斷腳又沒接好，打石膏生了壞疽，豈不完蛋，而且還臭得要死。」

「但願莎拉安然無恙。」安妮說。她早已習慣艾迪絲的杞人憂天了。

「少了莎拉小姐，這裡感覺就不一樣了，」艾迪絲說，「我們會不知所以，無話可聊。」

「你剛好可以趁機休息，艾迪絲。」

「休息？」艾迪絲不悅地說，「我休息幹嘛？我媽以前總說，寧可累死也不要鏽死，我一向奉行不渝。莎拉小姐不在家，她和那群朋友不會沒事殺進殺出，我就有空好好打掃了。這裡得徹底清理一番。」

「我覺得家裡已經很乾淨了，艾迪絲。」

「那是你的看法，這事我比你在行，窗簾全需要拆下來好好抖淨，那些燈架也該洗一洗了。噢！該做的事太多啦。」

艾迪絲開心得眼睛發亮。

「找個人手來幫你吧。」

「什麼，幫我？才不要，我喜歡把事情做好，現在能信賴的女孩不多啦，你這兒有不少好東西，該妥善保管。除了煮飯之外，我哪件事不是做得盡善盡美。」

「但你廚藝很好呀，艾迪絲，你自己知道吧。」

艾迪絲的晚娘表情露出淡淡的滿足笑容。

「噢，煮飯哪，」她立刻說道，「煮飯是雕蟲小技，不算正事。」

她走回廚房問：「你打算幾點喝茶？」

「噢，再等會兒，四點半左右。」

「我若是你就會去睡一下，晚上就能容光煥發了，趁清閒時，好好享福。」

安妮大笑著走進客廳，艾迪絲幫她整頓沙發，讓她歇躺。

「艾迪絲，你把我當小女孩照顧。」

「我剛來幫你母親時，你就是個小女孩，你現在也沒怎麼變。葛蘭特上校打電話來提醒，別忘了八點鐘在莫格達餐廳，我跟他說你曉得，但男人就是這樣，囉嗦個沒完，軍人尤其如此。」

「他很貼心，怕我今晚寂寞，所以約我出去。」

艾迪絲持平地說：「我不是討厭上校，他雖然吹毛求疵，但畢竟是位紳士。」她頓了一下，又說道：「整體來說，別人搞不好比葛蘭特上校更糟。」

「你剛才說什麼，艾迪絲？」

艾迪絲眼都不眨地看著她。

「我說呀，有的男人更糟……唉，莎拉小姐不在，應該就不會那麼常見到杰洛先生了。」

「你不喜歡他嗎，艾迪絲？」

「喜歡也不喜歡，如果你明白我意思的話。他很迷人——這點你無法否認，可是他不是牢靠型的。我姊姊家的瑪莉蓮就嫁給那種人，一份工作從來做不滿六個月，而且千錯萬錯都是別人的錯。」

艾迪絲離開客廳，安妮將頭靠回抱枕闔上眼。

車囂從緊閉的窗外隱隱傳來，像遠處的蜜蜂，響著悅人的嗡鳴，身邊桌上的黃水仙飄出甜淡的香氣。

安妮覺得寧靜而愉快，她會想念莎拉，但暫時獨處感覺好清幽。

而她今早竟然慌成那樣……

不知詹姆斯今晚邀了些什麼人……

❖

莫格達餐廳是間相當舊式的小餐廳，酒醇菜香，還有一種悠閒的氣氛。

安妮是受邀者當中第一位抵達的，她發現葛蘭特上校坐在吧檯不斷地看錶。

「啊，安妮。」他跳起來迎接她，「你到了。」他欣賞地看著她的黑禮服及項上的單串珠鍊。「美女能這麼準時真好。」

「我遲到三分鐘，別說了。」安妮對他笑道。

人高馬大的詹姆斯．葛蘭特上校，渾身是軍人的英氣，他理著灰色平頭，下巴堅毅。上校再次看錶。

「這些人怎麼還不來？咱們的桌子八點十五分就會準備好了，我們先喝點酒。雪利酒好嗎？你比較不喜歡雞尾酒是吧？」

「好，麻煩給我一杯雪利酒。還有誰會來？」

「麥辛罕夫婦，你認識他們嗎？」

「當然。」

「還有珍妮佛．格洛漢，她是我表妹，不過我不知道你是否曾……」

「你帶我見過她一次。」

「另一位男士是理查．克勞菲，我前幾天才遇見他，很多年沒見了。他在緬甸待了大半輩子，回英國後，覺得不太適應。」

「不難想像。」

「他人很好，但遭遇挺悲慘的，老婆生第一胎時死了，克勞菲很愛她，很長一段時間都無法平復，只好離開這兒——所以才會跑去緬甸。」

「孩子呢？」

「噢，孩子也死了。」

「真可憐。」

「啊，麥辛罕夫婦來了。」

莎拉老愛叫麥辛罕太太是「不希罕夫人」，她露出潔亮的牙齒朝他們走來。麥辛罕太太生得十分瘦弱，在印度多年，皮膚變得又粗又乾，她先生身材矮胖，講話老跳三接四。

「又碰面了，真好。」麥辛罕太太熱情地握住安妮的手，「穿得美美地出來用餐真開心，尤其我很少穿晚禮服。大家都說『不要改變』，但我覺得現在的生活好乏味，好多事都得自己動手！我老是待在廚房水槽邊瞎忙！我覺得快要在這個國家待不下去了，我們有考慮過去肯亞。」

「很多人都離開了，」她先生說，「受夠這無能的政府。」

「啊，珍妮佛來了。」葛蘭特上校說，「還有克勞菲。」

三十五歲的珍妮佛．格洛漢個頭高眺，生著一副馬面，笑聲有如馬嘶。理查．克勞菲是位中年男子，臉面曬得黧黑。

他坐到安妮旁邊，安妮開始與他搭話。

他回英國很久了嗎？有什麼感覺？

他表示得適應一下，因為一切與戰前差異極大，他一直在找工作，但像他這種年紀的人，找工作並不容易。

「我相信真的不好找，但這實在太糟了。」

「是啊，畢竟我才五十出頭，」他露出稚氣迷人的笑容，「我有一小筆錢，正在考慮要不要到鄉間買塊地，種蔬果來賣或養雞什麼的。」

「千萬別養雞！」安妮說，「我有幾位朋友試過養雞，可是雞很容易得雞瘟。」

「或許種蔬果比較好吧，也許利潤不多，但生活會很愉快。」他嘆口氣。「世事變換太快了，若能換個政府，也許……」

安妮不置可否，換政府似乎被當成了萬靈丹。

「究竟該做什麼真的很難判斷，」她說，「一定很讓人憂心。」

「噢，我並不擔心，擔心無濟於事。人若對自己有信心又有決心，任何困難都可迎刃而解。」

他的斷然令安妮困惑。

「是嗎？」她說。

「就是這樣沒錯，我最受不了老愛抱怨自己時運不佳的人。」

「噢，這我也同意。」安妮熱切地大聲說，克勞菲忍不住疑惑地揚眉。

「聽你的語氣，似乎有過類似經驗。」

「沒錯，我女兒有個男友總是到我們家訴苦，說他最近運氣奇差，以前我還同情他，現在我都煩到懶得聽了。」

桌對面的麥辛罕太太說：「懷才不遇的故事真的很無趣。」

葛蘭特上校說：「你們在說誰？是杰洛．勞德那小子嗎？他永遠成不了氣候的。」

理查．克勞菲低聲對安妮說：「原來你有女兒？而且還大到可以交男朋友了。」

「噢，是啊，莎拉都十九歲了。」

「你很愛她吧？」

「當然。」

安妮看到他臉上閃過一抹痛苦，想起了葛蘭特上校說過的話。

理查．克勞菲是個寂寞的人，安妮心想。

他低聲說：「你看起來很年輕，不像有成年女兒的人……」

「碰到我這種年紀的女人，大家都會這麼說。」安妮大笑道。

「也許吧，但我說的是真話，你先生……」他遲疑了一下，「去世了嗎？」

「是啊，很久前就走了。」

「你為何沒再婚？」

他問得或許魯莽，但語氣懇切，令人不作他想。安妮再次感到理查．克勞菲的單純，他是真心想知道。

「噢，因為……」她頓了一下，然後老實答道，「因為我深愛外子，他去世後，我從沒愛上別人。當然了，也因為莎拉的緣故。」

「難怪，」克勞菲說，「是的……你應該就是會這樣。」

葛蘭特上校起身建議大家移往餐廳圓桌，安妮坐在男主人身邊，另一側是麥辛罕少校，再沒什麼機會與克勞菲私下聊天了。克勞菲正有一搭沒一搭地跟格洛漢小姐談話。

上校在安妮耳邊低聲說：「你想他們倆能湊成對嗎？他需要找個老婆。」

不知為何，這番話令安妮頗感不悅，笑聲如馬鳴的大嗓門珍妮佛·格洛漢？拜託！她絕不是克勞菲這種男人的菜。

牡蠣送來了，眾人開始吃飯談天。

「莎拉今早走啦？」

「是的，詹姆斯。希望她們能遇到好雪。」

「是啊，這個時節有點難說，但我想她一定能玩得痛快。莎拉是個漂亮女孩。對了，勞德那小伙子沒跟去吧？」

「噢，沒有，他剛剛進他叔叔的律師事務所，走不開。」

「很好，安妮，你應該阻止他們繼續交往。」

「這年頭哪有可能，詹姆斯。」

「嗯，看來是不成，但你最好還是設法把她送走一陣子。」

「是的，我覺得這是個好辦法。」

「是嗎？你真聰明，安妮，希望莎拉在那邊能喜歡上別的小伙子。」

「莎拉還小，詹姆斯，我不認為她跟杰洛·勞德在認真交往。」

「或許沒有，但上回見到莎拉，我覺得她似乎非常關心杰洛。」

「莎拉生性關心別人，她知道每個人該做什麼，懂得鞭策別人，她對朋友非常忠誠。」

「她是個好孩子，又非常迷人。不過她的魅力永遠及不上你，安妮，她比較冷，現在的說法是——比較酷。」

安妮微微一笑。

「我不認為莎拉很酷，只是她那一代人都是這個調調。」

「也許吧，但現代的女孩應該跟她們的母親學點女人味。」

他深情地看著安妮，安妮心頭一暖，心想：「親愛的詹姆斯待我真好，他覺得我很完美，我若拒絕他的愛與呵護，豈非笨蛋？」

可惜這時葛蘭特上校又開始聊起他在印度時，手下的副官及某少校之妻的故事了，這故事又臭又長，而且安妮已聽過三遍了。

剛才的感動蕩然無存，安妮望著桌子對面的理查·克勞菲，十分欣賞。他有點太過自信霸氣——不對，安妮糾正自己，不盡然是那樣，那只是他在面對陌生且可能敵對的世界時所築起的武裝。

那是一張悲傷的面容，透著寂寞……

安妮覺得克勞菲有許多美質，仁慈誠實而公正。他或許有點武斷，偶爾還抱持偏見，他不習慣對事物一笑置之，或接受揶揄，克勞菲若能感受到真愛，必能散放光芒。

「……你相信嗎？」上校得意地結束故事說，「她老公竟然都知情！」

安妮一驚，回神適度地大笑回應。

第三章

翌晨安妮醒來，一時間弄不清自己置身何方。窗子應該在右邊才對，不是左邊……門，還有衣櫃……

接著她發現自己在作夢，夢見回到兒時、回到蘋果溪畔的老家了。她興奮地衝回家，受到母親和年輕的艾迪絲熱切歡迎。她在花園裡奔跑，東指西指地喊著，最後終於進入屋內。一切都如往昔：陰暗的走廊，走廊後敞著門、有各式印花棉布家具家飾的客廳。接著，她母親突然表示：「今天我們要在這邊用茶。」說完帶她穿過另一扇門，來到陌生的新房間。房間很美，有漂亮的印花棉布家飾、鮮花和陽光；有人對她說：「你從來不知道有這些房間吧？我們去年才發現的。」屋中多了好多個新房間和一小段樓梯，走上樓梯，上頭房間更多，令人興奮不已。

安妮此時已醒，但心情仍置夢中，還是那個站在人生開端的小女孩安妮。那些以前沒發現的房間！想想看，那麼多年了，竟然都不知道！是什麼時候找到的？最近嗎？還是好幾年前？

現實慢慢滲入恍惚的甜夢，歡樂的南柯一夢啊，懷舊的悵然刺入了安妮心中，她再也無法回到過去了。沒想到夢見家中找到多出來的房間，竟能令人狂喜至此；想到這些房間其實並不存在，安妮便覺得悲傷。

她躺在床上望著輪廓漸次鮮明的窗戶，時間應該很晚了，至少九點鐘了吧。這時節的白日頗為陰灰，莎拉應該會在瑞士的陽光白雪中醒來。

此時的莎拉似乎變得不太真實，感覺飄忽而模糊……反倒是坎伯蘭郡的房子、印花棉布、陽光、花朵和她的母親更為真切。還有恭敬地隨侍一旁的艾迪絲，她年輕的容顏雖毫無皺紋，但嚴酷的表情與今日無異。

安妮笑了笑，喊道：「艾迪絲！」

艾迪絲進入房內拉開窗簾。

「啊，」她讚道，「你睡了個好覺，我不打算叫醒你。反正今天天氣不好，起霧了。」

窗外一片灰黃，看起來不怎麼美，但安妮的幸福感不因此稍減，她帶著笑意躺在床上。

「早餐準備好了，我去端進來。」

艾迪絲離房前停步，好奇地看著女主人。

「你今早心情很好嘛，昨晚一定玩得很開心。」

「昨晚？」安妮一時沒回過神，「噢，是的，是啊，我玩得非常開心。艾迪絲，我醒前夢見自己回老家了，你也在那裡。夢中是夏天，而且家裡多出幾個我們以前不知道的新房間。」

「幸好沒有，」艾迪絲說，「以前房間還嫌不夠多呀，老家好大，還有那間廚房！每次燒煤之囟的！幸好當時煤價很低。」

「你在夢裡變年輕了，艾迪絲，我在夢裡也還是小孩。」

「啊，咱們沒辦法叫鐘倒轉，是吧？想也沒用，時間流逝就再也不回頭了。」

「再也不回頭了。」安妮輕聲重述。

「我不是不滿意現況，我還很身強力壯，不過人家說，人到中年後，內在可能會有很大的成長，那事我也考慮過一、兩回。」

「我看你沒什麼突破性的內在成長啊，艾迪絲。」

「誰知道，得等到哪天他們把你送到醫院剖開來才知道吧！但通常那時就太遲了。」說完艾迪絲板著臉離開房間。

幾分鐘後，艾迪絲端著安妮的早餐盤，送上咖啡和起司。

「好了，夫人，坐起來，我把枕頭墊到你背後。」

安妮抬頭看著艾迪絲，忍不住說：「你待我真好，艾迪絲。」

艾迪絲尷尬得滿面飛紅。

「我只是知道事情該怎麼做而已，反正總得有人照顧你，你心軟、意志不堅，哪像蘿拉女爵——羅馬教皇也說不動她。」

「蘿拉女爵是個大好人，艾迪絲。」

「我知道，我在收音機上聽過她講話，光看長相就知道她很有來頭。聽說還結過婚哩，她的另一半是離婚還是去世了？」

「噢，他去世了。」

「死了倒好，對男人來說，女爵不是那種容易共同生活的伴。但也不能否認，有些男人喜歡強勢的妻子。」

艾迪絲走向門口，邊看著安妮說：「不必急，親愛的，你好好躺在床上休息，隨便胡思亂想，享受你的假期吧。」

「假期？」安妮好笑地想，「原來艾迪絲叫這假期？」

就某方面來看的確是假期，這是她一成不變生活中的一段喘息。與心愛的孩子生活，心裡難免掛慮「她快樂嗎？」「朋友甲、乙、丙算是益友嗎？」「昨晚的舞會一定有哪裡不對勁，不知出了什麼事？」

她從不干預或東探西問，安妮知道必須由莎拉主動開口——她必須自己學習人生的課題，選擇自己的朋友。然而，因為愛她，做母親的不可能不替女兒煩惱，而且她隨時可能要人幫忙。假如莎拉需要母親的同情或幫助，她就得陪在身邊……

有時安妮會告訴自己：「我得有心理準備，莎拉也許有天會不快樂，但除非她願意聽，否則我絕不開口。」

最近令她煩心的是那個暴躁易怒的年輕人杰洛．勞德，以及莎拉對他的日益迷戀。想到莎拉至少會離開杰洛三個星期，而且會遇到很多其他年輕人，安妮便鬆了一口氣。

沒錯，莎拉到瑞士去了，安妮就不必再為她煩惱，可以在自己舒服的床上躺著好好休息，想想今天要做些什麼。昨天的聚會她非常開心，親愛的詹姆斯如此熱心卻又如此乏味，可憐的傢伙！那些沒完沒了的陳年往事！男人到了四十五歲以後，真該發誓封嘴不談往事。難道他們不知道，每當他們開口說「不知我有沒有跟你提過，以前發生過一件很有意思的事……」時，多麼地令人倒胃口嗎？

雖然你大可表示：「有啊，詹姆斯，你已跟我說過三遍了。」但那傢伙就會一副很受傷的樣子，你怎能忍得下心。

那個理查．克勞菲，年紀比較輕，但他將來也有可能再三重述冗長的陳年往事……

安妮心想，有可能，但她不認為他會這樣。不會的，他比較像是個獨斷的人，有點偏執和成見，得有人溫柔地逗他……或許他有時略顯可笑，但人很可愛。他是個寂寞的人，非常的寂寞……安妮替他難過，在繁忙的現代倫敦中，克勞菲顯得格格不入，不知他會找到什麼工作？這年頭找工作不容易，或許他會在鄉下買塊農地或菜園，安頓下來。

不知還能不能遇見他，安妮打算過幾天邀詹姆斯吃晚飯，也許建議他帶理查．克勞菲同來，那樣不錯——他顯然十分孤寂，她會再邀請另一名女士，或許大夥一起去看戲。

艾迪絲好吵，她就在隔壁客廳，聽起來卻像大隊搬運工在工作，乒乒乓乓地，偶爾傳來嘈雜的吸塵器聲。艾迪絲一定打掃得很帶勁。

不久艾迪絲在門口探頭，她頭上包著防塵布，表情如舉行儀式的女祭司般專注。

「你會不會出門吃午飯？我被大霧騙啦，今天天氣很不錯。我沒忘掉那片鰈魚，不過反正都擺到現在了，再放到晚上也無妨。冰箱真的很能保存食物，不過也會減損食物風味。那是我的看法啦。」

安妮看著艾迪絲，哈哈大笑。

「好吧好吧，我出去吃午飯就是了。」

「你隨意就好，我不介意。」

「好。可是別累壞了，艾迪絲，如果你非得大掃除不可，要不要找霍伯太太過來幫忙？」

「霍伯太太？算了吧，上回我要她清理你媽媽的黃銅圍欄，結果弄得髒兮兮的。這些女人只會清潔油地氈，那種事誰都做得來。記得我們在蘋果溪的壁爐和鋼製爐柵吧？那保養起來可費勁了，告訴你，我非常以它為傲哩。咱們這裡有些很棒的家具，擦亮後會很美，可惜現在多半是嵌固式家具了。」

「那樣比較省事。」

「我覺得太像旅館了。所以你會出門嗎？太好了，我可以把地毯全拿起來清一清。」

「我今晚能回這兒嗎？或者你希望我去住旅館？」

「安妮小姐，你別開玩笑了。對啦，你從店裡買回來的那個平底鍋很難用，一來太大，二來不方便攪拌，我要以前的那種鍋子。」

「他們現在不賣那種鍋子了，艾迪絲。」

「這個爛政府，」艾迪絲厭惡地說，「那麼我要的舒芙蕾瓷碗呢？莎拉小姐喜歡用瓷碗吃舒芙蕾。」

「我忘記買了，這種瓷碗應該可以找得到。」

「好，乖，這樣你就有事做了。」

「說真的，艾迪絲，」安妮吼道，「你怎麼把我當成小孩子，還找事情給我做。」

「我必須承認，莎拉小姐一走，你好像就變年輕了。不過我只是建議而已，夫人……」艾迪絲站直身子，假裝恭敬地說，「如果您剛好到百貨公司附近，或約翰烘焙坊……」

「好啦好啦，艾迪絲，你自己到客廳去玩吧。」

「真是的。」艾迪絲悻悻然地離去。

接著又是一陣乒乒乓乓亂響，不久，艾迪絲還五音不全地哼起了憂傷的讚美詩：

這是痛苦悲哀之境
沒有歡樂，沒有太陽，也沒有光。
噢，以您的血沐洗我們
讓我們哀悼吧。

❖

安妮開心地在百貨公司的瓷器部門逛著，心想，現在有太多粗製濫造的東西了，看到英國依然能製出如此精美的瓷器、玻璃和陶器，實在令人寬慰。

「僅限出口」的標籤並不影響安妮欣賞這些閃閃發亮的展品，她來到瑕疵出口品擺設攤位，這裡總有女士們虎視眈眈地獵尋漂亮的物件。

今天安妮運氣奇佳，攤位上有近乎整套的早餐組，含漂亮的棕色大圓杯，和有圖紋的陶器，且價格頗合理，安妮二話不說當場買下，她剛把送貨地址遞出去時，另一名婦女走過來，興奮地說：「我要買那組。」

「很抱歉，夫人，這組已經賣掉了。」

安妮言不由衷地說：「真是不好意思。」然後得意洋洋地走開了。她還找到一些非常漂亮、大小適中的舒芙蕾盤子，但它們是玻璃製品，不是瓷器，希望艾迪絲能接受，不會嘀咕太久。

安妮離開瓷器部門到對面的園藝部。住家窗外的花壇箱已破爛不堪，她想訂一口新的。

安妮正在跟銷售人員討論時，身後傳來一個男聲。

「早啊，潘提斯太太。」

安妮轉頭看到理查・克勞菲，他顯然很高興見到安妮，安妮忍不住得意起來。

「沒想到竟會在這裡遇上你，好巧啊。事實上，我正想到你，昨晚我本想問你住在哪裡，或許能到府上拜訪。可是又怕你覺得我太冒昧，你一定有很多朋友，以及……」

安妮打斷他。

「你一定要來我家看我，事實上我才想邀葛蘭特上校來晚餐，並建議他帶你一起來呢。」

「是嗎？真的嗎？」

瞧他高興熱切的模樣，安妮忍不住心生悲憫，這可憐的傢伙一定很孤單，他臉上的笑容好天真哪。

安妮表示：「我剛在訂製新的窗口花壇，我們住公寓，想種點花就只能這麼辦了。」

「我想也是。」

「你在這裡做什麼？」

「我在找孵蛋器……」

「還是想養雞嗎？」

「是啊，我一直在看最新的養殖設備，孵蛋器是最新的電器產品。」

兩人一起往出口走，理查・克勞菲突然表示：「呃……你大概已經有事了——不知道你願不願意跟我一起吃午飯？如果你沒其他事情的話。」

「謝謝你，我很樂意。其實我的女傭艾迪絲正在春季大掃除，她堅持要我別回家吃午飯。」

理查・克勞菲滿臉不可置信、表情震驚地看著她。

「她會不會太霸道啊？」

「艾迪絲有霸道的特權。」

「寵壞僕人，一點好處都沒有。」

他在反駁我，安妮好笑地想著。她柔聲答道：「能寵的僕人不多，而且艾迪絲不只是僕人，更像朋友，她已經跟我很多年了。」

「噢，原來如此。」他覺得碰了一個軟釘子，但對安妮的印象維持不變：這位溫柔美麗的女性被一位專橫霸道的女僕欺負了，她不是那種會為自己挺身而出的人，她天性太溫柔順從了。

他淡淡地問道：「春季掃除？現在是春季掃除的時節嗎？」

「不是，應該是三月，但她趁我女兒去瑞士玩幾星期時大掃除一番。女兒在家時，事情太繁瑣了。」

「你應該很想你女兒吧？」

「是啊。」

「現在的女孩似乎都不愛待在家裡，大概是急著想過自己的日子吧。」

「也不見得，好奇感很快就消失了。」

「噢，今天天氣真好，不是嗎？想不想穿過公園走一走？還是你會嫌累？」

「不，怎麼會累，我正想跟你建議呢。」

兩人越過維多利亞街，步上窄徑，最後終於來到聖詹姆斯公園車站，理查抬眼望著愛波斯坦[3]的雕塑作品。

「你看得懂嗎？那種東西怎能稱做藝術？」

「噢，我覺得可以啊，真的是藝術品。」

「你不會是真的喜歡吧？」

「我個人不怎麼喜歡，我很老派，一向喜歡古典雕像和小時候欣賞的東西，但那不表示我的品味才是對的，我想我們得學著欣賞新的藝術形式，音樂也一樣。」

「音樂！現在那哪叫音樂？」

「克勞菲先生，你不覺得自己的視野太偏狹了點嗎？」

他立即扭頭看她，安妮紅著臉，有些緊張，但仍勇敢地看著他，毫無退縮。

「是嗎？也許吧，離家久後返鄉，對任何不同於記憶中的事物都會看不順眼。」他突然一笑，「得請你多包涵了。」

安妮立即表示：「噢，我自己也古板得要命，莎拉常笑我。但我真心覺得……該怎麼說呢？隨著年紀漸長而封閉自己的心靈是很可悲的。一來這會讓人變得乏味，二來也讓人錯失了重要的事物。」

理查默默走了一會兒，然後說：「聽到你說自己變老，感覺好怪，你是我長久以來遇過最年輕的人，比有些嚇人的女孩年輕多了，她們真的令我害怕。」

「是呀，我也有點怕她們，但我總發現她們其實很善良。」

他們已來到聖詹姆斯公園，太陽整個露出臉，天氣頗為溫暖。

「咱們要去哪兒？」

3 愛波斯坦（Jacob Epstein, 1880-1959），英國雕刻家。

「我們去看鵜鶘吧。」

兩人愜意地賞鳥，聊著各式水禽，輕鬆而自得，理查十分自然而稚氣，是位迷人的同伴。他們開心地談笑，非常享受彼此的陪伴。

不久理查表示：「要不要到太陽底下坐一會兒？你會冷嗎？」

「不冷，滿暖的。」

他們坐到椅子上，望著水面，色調淡雅的景緻彷若日本版畫。

安妮柔聲說：「倫敦真的好美，但人們未必能體會。」

「是啊，真是出乎意料。」

兩人靜坐一、兩分鐘後，理查說道：「內人以前總說，春天降臨時，倫敦是最好的去處。她說綠芽、杏樹，和正逢時令的紫丁香花，在磚塊灰泥的襯托下更加顯眼。她說在鄉下，所有東西全雜在一起，範圍大到無法細看，但在市郊的花園裡，春天竟一夕之間便降臨了。」

「她說得很對。」

理查說得有些費力，而且沒看安妮。

「她——很久前就去世了。」

「我知道，葛蘭特上校跟我說了。」

理查轉頭看著安妮。

「他有跟你說，內人是怎麼死的嗎？」

「有。」

「那件事我永遠無法忘懷，我總覺得是我害死她的。」

安妮遲疑了一會兒後說：「我可以理解你的感受，我若是你，應該也會那樣想，但你知道那不是事實。」

「那就是事實。」

「錯了，從她的角度——從女人的觀點來看，並非如此。接受生育風險的責任在女人，那是她的愛，她想生孩子……你妻子想生孩子吧？」

「噢，是的，艾琳很高興能懷孕，我也是。她是位強健的女性，沒理由會出問題。」

兩人又是一陣靜默。

接著安妮說：「我很遺憾……真的很遺憾。」

「這事已經過去很久了。」

「寶寶也死了嗎？」

「是的。你知道嗎？就某個角度而言，我還滿慶幸寶寶沒有活下來，否則我大概會很排斥那可憐的孩子，一輩子忘不了生下他所付出的代價。」

「談談你的妻子吧。」

理查坐在蒼黃的冬陽下，對安妮細訴艾琳的事，訴說她的美麗與快樂，以及有時她會突然靜下來，讓他忍不住猜測妻子在想什麼，為何心思飄得如此遙遠。

理查一度不解地說：「我已經很多年沒跟任何人提起她了。」

安妮溫柔地表示：「請繼續說下去。」

一切都如此短暫，太短暫了。訂婚三個月，接著結婚。「婚禮一團忙亂，我們根本不想那麼費事，但她母親很堅持。」他們開車到法國度蜜月，參觀羅亞爾河城堡。

他突然又說：「她在車裡很緊張，手一直放在我膝上，似乎那樣比較安心，我不明白她為何緊張，她之前從沒遇過意外。」理查頓一下後接著說，「事情都過去後，我在緬甸開車時，有時還感覺到她的手……我實在無法相信她就這樣走了——一下就死了……」

安妮心想，是的，難以置信，帕崔克過世時她也是這種感覺。他一定是在某處，一定能讓她感知他的存在，他不可能就這樣走了，不留下半點痕跡。生死之隔，何其之遙！

理查繼續對她傾訴，說起他和艾琳曾在一條死胡同裡看到一間小小的屋子，屋邊有紫丁香叢和一棵梨樹。

接著，當他聲音嘶啞、躊躇地說完最後幾句話時，又困惑地說了一遍：「我不知道自己為什麼會跟你說這些事……」

但理查其實是知道的。他緊張地問安妮，到他的俱樂部去用餐可好？「他們有給女士用的包廂……或者你比較想去餐廳？」安妮表示想去俱樂部，當兩人起身朝帕瑪街走時，他心裡已經明白，只是還不願承認罷了。

這是他與艾琳的訣別，就在這清冷的冬日公園。

理查將把艾琳留在公園裡，留在湖邊，讓青空下的枯枝伴陪她。

這是他最後一次提及年輕的艾琳和她悲慘的命運，那是一首哀詩、一首輓歌，也是一首讚美詩——或許每種都有一些吧。

但那也是一場葬禮。

他將艾琳埋在公園裡，帶著安妮，一起走向倫敦的大街。

第四章

「潘提斯太太回來了嗎？」蘿拉‧惠茲特堡女爵問。

「還沒，應該很快了。您要不要進來等，夫人？我知道她一定很想見您。」

艾迪絲恭敬地讓到一旁，請蘿拉女爵進屋。

女爵表示：「我等個十五分鐘吧，我有一陣子沒見著她了。」

「是的，夫人。」

艾迪絲帶女爵來到客廳，蹲下來打開電暖器，蘿拉女爵環視屋內，驚呼著。

「家具換位置了，那張書桌原本放在對面角落，沙發的位置也變了。」

「潘提斯太太覺得改變一下也不錯。」艾迪絲說，「有天我進客廳，就看她把東西搬來挪去的。『噢，艾迪絲，』她說，『你不覺得這樣看起來好多了嗎？空間更大。』我自己是看不出有任何改善啦，但我也不想多說，女人嘛，難免有些奇想。我只說：『可別太累了，夫人，搬重物會得內傷，萬一內臟走位，便回不去啦。』我知道，因為我嫂子受過傷，推窗時傷到的，後來就一直得躺在沙發上了。」

「也許她不必那樣，」蘿拉女爵爽直地說，「幸好我們現在已不再以為，躺在沙發上就能治好所有病症。」

「現在生完小孩連做月子都省了，」艾迪絲不以為然地說，「我可憐的外甥女，產後第五天就被要求下床走路了。」

「現代人的身體比較健康。」

「但願如此，應該是吧。」艾迪絲沮喪地說，「我小時體弱多病，家裡以為養不大了，我常會微微痙攣，有時抽搐得厲害，冬天裡整個人發紫，連心都快凍住了。」

蘿拉女爵對艾迪絲幼時的病症不感興趣，逕自看著重新擺設後的客廳。

「我覺得改過後比較好，」她說，「潘提斯太太說得對，不知她之前為何不做。」

「這就像築巢。」艾迪絲意在言外地說。

「什麼？」

「築巢，我看過小鳥築巢，叼著樹枝飛來飛去。」

「噢。」

兩個女人四目相望，似乎有所會心。

蘿拉女爵突然問道：「最近常看到葛蘭特上校嗎？」

艾迪絲搖搖頭。

「可憐的上校，」她說，「若要問我，我會說他已經下台一鞠躬，『空居』了。法文要用很重的鼻音講。」她解釋道。

「噢，congé[4]——是的，我懂了。」

「他是位紳士，」艾迪絲用過去式，像朗誦喪禮中的墓誌銘般地說，「唉，罷了！」

艾迪絲離開前表示：「我知道誰會不喜歡客廳的新擺置——莎拉小姐，她不喜歡改變。」

蘿拉．惠茲特堡揚起兩道粗眉，然後從書架上抽出一本書，無心地翻閱。

不久她聽見鑰匙聲，接著公寓門開了，小小的前廳傳來兩個聲音，安妮和一名男子的，聽起來相當愉快。

安妮說：「噢，郵件，啊，有一封莎拉寄回來的信。」

她拿著信走入客廳，立即愣住了。

「咦，蘿拉，什麼風把你吹來了。」她轉頭對著隨她進客廳的男子說：「克勞菲先生，這位是蘿拉．惠茲特堡女爵。」

蘿拉女爵很快將他打量一遍。

保守型、也許很固執、老實、善良、沒幽默感、也許很敏感，熱戀安妮中。

她開始大剌剌地跟他聊了起來。

安妮喃喃說：「我去叫艾迪絲幫我們送茶。」然後轉身而去。

蘿拉女爵在她背後喊道：「不必幫我準備了，親愛的，都快六點鐘了。」

「理查和我也想喝的，我們剛去聽完音樂會。你想喝什麼？」

「白蘭地加蘇打水。」

4 congé，法文。即艾迪絲仿其音所說的「空居」，意為「離開」。

「好。」

蘿拉女爵說：「你喜歡音樂呀，克勞菲先生？」

「是的，尤其是貝多芬。」

「所有英國人都喜歡貝多芬，我聽得都快睡著了，恕我這麼說，但我實在不特別喜歡音樂。」

「抽菸嗎？蘿拉女爵？」克勞菲遞上菸盒問。

「不了，謝謝，我只抽雪茄。」她精明地凝視著他說，「所以你是那種傍晚六點鐘時寧可喝茶，也不喝雞尾酒或雪利酒的人嗎？」

「不，我不是特別愛喝茶，但茶似乎很適合安妮……」他頓住了，「聽起來很怪吧？」

「一點也不怪，你這個人很敏感，我並不是說安妮不喝雞尾酒或雪利酒，她也喝，但她本質上最適合坐在茶盤後——擺著漂亮的喬治時代銀器，以及精緻瓷杯瓷盤的茶盤後。」

理查聞之大喜。

「你說得太貼切了！」

「我認識安妮很多年了，非常喜歡她。」

「我知道，她經常提到你，當然，我也從其他地方聽說過你。」

蘿拉女爵對他咧嘴一笑。

「噢，是的，我是英格蘭最知名的女士之一，總是出現在評議會上，或透過廣播發表意見，或制定合於人性的法律。不過有件事我非常清楚，人的一生無論成就了什麼，實際上都非常卑微，而且那些成就總有人能輕易完成。」

「噢，千萬別這麼說，」理查抗議道，「這種結論太令人喪氣了吧？」

「不會啊，努力背後一定要保持謙卑。」

「恕我無法同意你的說法。」

「是嗎？」

「是的，我認為一個人若想成就非凡的事業，就得先相信自己。」

「為何要相信自己？」

「蘿拉女爵，你不覺得……」

「我很老派，我比較相信人應該認識自己，但相信上帝。」

「認識、相信，這不是同一件事嗎？」

「很抱歉，那完全是兩碼事。我的理論是（當然不容易理解，但理論的樂趣就在這兒），每人每年都該到沙漠裡待一個月，在井邊紮營，準備充足的棗子或其他吃食。」

理查笑道：「也許會很愉快，不過我一定會帶幾本世界名著隨行。」

「啊，重點來啦，不許帶書，書是一種慣性的毒藥。有了足夠的飲食，又無事可做——完全無事，你才會有機會好好認識自己。」

理查不可置信地笑了。

「你不認為大部分人都挺了解自己的嗎？」

「我不這麼認為。這年頭大家除了知道自己的優點外，誰有空多認識自己？」

「你們兩位在爭辯什麼？」安妮拿著玻璃杯走過來問，「這是你的白蘭地加蘇打水，蘿拉。艾迪絲馬上會送茶過來。」

「我正在講我的沙漠冥想理論。」蘿拉說。

「那是蘿拉的點子之一，」安妮大笑著說，「她教人要無所事事地呆坐在沙漠中，探索自己的劣根性！」

「人都那麼糟嗎？」理查冷冷地問，「我知道心理學家是這麼說的。但究竟為什麼？」

「因為若僅有時間認識部分的自己，就像我剛說的，人就會選擇自己的優點去認識。」蘿拉女爵當即答道。

「那也很好啊，蘿拉。」安妮表示，「要是在沙漠靜坐過、發現自己有多麼糟後，又有何好處？人就能改變自己嗎？」

「我想可能性極低，但至少人能不再盲目，知道自己在特定情境下可能會做出什麼，甚至了解為何會那麼做。」

「但我們應該能想像得出來，自己在特定情境下可能會怎麼做吧？我是說，只需假想自己在那種狀況下不就成了？」

「噢，安妮，安妮！想想看，有個人在心裡揣測半天，要怎麼跟老闆、女友、對街的鄰居說話，他全都預想好了，但時機一到，不是舌頭打結，就是扯些不相干的事！自以為能應付任何緊急狀況的人，往往最不知所措，而那些擔心自己應付不來的人，反而訝異地發現自己能掌握狀況。」

「是的，但那樣說不盡公允，你現在指的，是那些按自己期望，去想像各種對話與行動的人，也許他們知道事情根本不會發生。但我覺得，基本上，人會了解自己的反應，以及……以及自己的性格。」

「噢，我親愛的孩子，」蘿拉女爵抬起手，「所以你自認很了解安妮．潘提斯囉？」

艾迪絲送茶進來。

「我不覺得自己是特別好的人。」安妮笑說。

「夫人，這是莎拉小姐的信，」艾迪絲說，「你留在臥房裡了。」

「噢，謝謝你，艾迪絲。」

安妮將仍未拆封的信放到盤子邊，蘿拉女爵很快瞄她一眼。

理查．克勞菲快速喝完茶後起身告辭。

「他很體貼，」安妮說，「覺得我們兩個想私下聊天。」

蘿拉女爵仔細看著這位密友，訝異於她的轉變。清秀的安妮變得美麗煥發，蘿拉以前也見過這情形，明白其中的道理。那種容光、愉悅的神情只代表一種意思：安妮戀愛了。蘿拉女爵心想，真不公平啊，戀愛中的女人看起來最美，而戀愛中的男人，看起來卻像頭沮喪的綿羊。

「你最近都做些什麼，安妮？」女爵問。

「噢，我也不知道，到處亂跑，沒做什麼。」

「理查．克勞菲是新朋友吧？」

「是的，我才認識他十天而已，在詹姆斯．葛蘭特的餐會上遇見的。」

她跟蘿拉女爵談了些理查的事，最後天真地問：「你喜歡他，是嗎？」

蘿拉尚未確定自己對理查．克勞菲的好惡，只草草答道：「是啊，很喜歡。」

「我覺得他以前過得非常悲苦。」

蘿拉女爵經常聽到這種說法，她抑住笑意問道：「莎拉有什麼消息嗎？」

安妮表情一亮。

「噢，莎拉玩得開心極了，雪況極佳，而且都沒人受傷。」蘿拉女爵說，艾迪絲應該會很失望，兩人哈哈大笑。

「這封信是莎拉寄來的，介意我拆信嗎？」安妮說

「當然不介意。」

安妮撕開信封讀著短信，然後開懷大笑地將信遞給女爵。

親愛的老媽（莎拉寫道）：

雪況棒極了，大家都說這是歷年來最棒的一季，柳兒想晉級，可惜考試沒通過。羅傑很熱心地指導我——他人真好，因為他在滑雪界裡也是號人物。珍妮說他對我有意思，但我認為他只是很愛看我渾身打結地一頭栽進雪地裡罷了。康什罕夫人跟那個美國男人也來了，他們實在很囂張。我非常喜歡其中一位導遊——他簡直帥爆了——可惜他很習慣被女生包圍，我一點機會也沒有。不過我終於學會在冰上前進了。

你還好嗎，親愛的？希望你常跟男性朋友出去玩，別跟老上校走得太近，他的眼神有時怪怪的！教授還好嗎？他最近有沒有告訴你一些有趣的婚姻習俗？希望很快見到你。

愛你的

莎拉

蘿拉女爵將信遞回去。

「莎拉似乎玩得很樂……『教授』是指你那位學考古的朋友嗎？」

「是啊，莎拉老愛拿他逗我，我一直想約他吃午飯，但最近太忙了。」

「是的，你似乎挺忙的。」

安妮把莎拉的信摺起來又攤平，輕輕嘆道：「哎，天啊。」

「天啊什麼，安妮？」

「噢，我看還是跟你說吧，反正你大概已經猜到了，理查·克勞菲跟我求婚了。」

「什麼時候的事？」

「噢，就今天。」

「你打算嫁他？」

「我想是的……我幹嘛那樣說？我當然想嫁他了。」

「太快了吧，安妮！」

「你是說我認識他還不夠久嗎？噢，但我們兩個都很篤定。」

「你是很了解他——透過葛蘭特上校了解的。我很替你高興，親愛的，你看起來好快樂。」

「你一定覺得我在說傻話，蘿拉，但我真的很愛他。」

「哪裡傻了？誰都看得出來你愛他。」

「而他也愛我。」

「那也很明顯，我從沒見過比他更像綿羊的男人！」

「理查長得又不像綿羊！」

「戀愛中的男人總是一副綿羊相，這是不變的自然律。」

「可是你喜歡他吧，蘿拉？」安妮追問。

這回蘿拉．惠茲特堡沒立即答腔，只緩緩說道：「他是個非常單純的人，安妮。」

「單純？也許吧，但那樣不是很好嗎？」

「單純有單純的問題，而且他很敏感，非常敏感。」

「你真聰明，能看出這點，蘿拉，有些人就看不出來。」

「我可不是有些人。」她略為猶疑了一會兒，接著才說：「你跟莎拉提了嗎？」

「當然沒有，我剛說了，他今天才跟我求婚的。」

「我的意思是，你在信中跟莎拉提過這個人了嗎——先鋪個哏之類的？」

「沒有，沒提過。」她頓了一下又說：「我應該寫信告訴她。」

「是的。」

安妮再度躊躇起來，「莎拉應該不會太介意吧，你想呢？」

「很難說。」

「她向來貼心，沒人了解莎拉有多麼好——我是說，我都不用說太多。當然了，我想……」

安妮用哀求的眼神望著老友，「也許她會覺得很可笑。」

「有可能。你會介意嗎？」

「噢，不會，但理查會。」

「是的，沒錯，但理查只能忍耐，不是嗎？我認為你應該在莎拉回家前讓她知道一切，讓她先適應一下。對了，你們打算何時結婚？」

「理查希望能盡快結婚，我們也沒什麼好等的，不是嗎？」

「是啊，我想你們愈早結婚愈好。」

「我們的運氣真好，理查剛在海納兄弟公司找到一份工作，那家公司的其中一位合夥人是他戰時在緬甸認識的，很棒吧？」

「親愛的，一切似乎都很順利。」她再次柔聲說，「我非常為你高興。」

蘿拉．惠茲特堡起身走到安妮身邊吻她。

「好了，那幹嘛還愁眉不展？」

「我只希望……希望莎拉不會介意。」

「親愛的安妮，你這是在替誰過活，是替自己，還是莎拉？」

「當然是替自己了，可是……」

「假如莎拉會介意，你也沒辦法！她總會過去的。她愛你呀，安妮。」

「噢，我知道。」

「被愛是很麻煩的，每個人遲早都會明白這點，愛你的人愈少，你就愈不會受折磨。幸好大部分人都很討厭我，其他人則樂得保持距離。」

「蘿拉，那不是事實，我就……」

「再見了，安妮，還有，別逼理查說他喜歡我，他其實很討厭我，不過我一點都無所謂。」

那晚在一場公開宴會上，坐在蘿拉身旁的學者在說明革命性的電擊療法後，懊惱地發現女爵眼神呆滯地望著自己。

「你根本沒在聽。」他怪女爵說。

「對不起，大衛，我正在想一對母女的事。」

「啊，你的患者是吧。」他期待地說。

「不，不是患者，是朋友。」

「又是那種霸占型的母親嗎？」

「不是。」蘿拉女爵表示，「這次是霸占型的女兒。」

第五章

「安妮，親愛的。」傑佛瑞．方恩說，「我想我該說恭喜你，或任何這種場合該講的話。嗯，他是個非常幸運的男士，是的，非常幸運。我沒見過他吧？我對他的名字沒什麼印象。」

「你沒見過，我們幾星期前才認識的。」

方恩教授慣性地抬眼從鏡片後方望著她。

「天啊，」他不甚認同地說，「會不會太突然？太衝動了？」

「我不這麼認為。」

「瑪塔瓦雅拉族的人至少得交往一年半……」

「他們一定是非常謹慎的部族，我還以為野蠻人是憑著原始本能做事。」

「瑪塔瓦雅拉族才不是野蠻人。」傑佛瑞．方恩震驚地說，「他們的文化很先進，婚姻儀式極為繁複，婚禮當晚，新娘的朋友……嗯，還是別說好了。但很有趣的是，有一次，女祭司的神聖婚禮……不行，我真的不該再講下去了。談談結婚禮物吧，你想要什麼結婚禮物，安妮？」

「你真的不需要送禮，傑佛瑞。」

「通常會送一件銀器對吧？我好像記得買過銀杯子……不對，那是受洗用的。湯匙呢？還是烤麵包架？啊，我想起來了，我買過玫瑰形的碗。可是，親愛的安妮，你知道這傢伙的底細嗎？我是說，他有沒有替朋友做保之類的？因為這種可怕的事時有所聞。」

「他又不是在碼頭上跟我搭訕的，而且我的保險受益人也不是他。」

傑佛瑞．方恩再次擔心地瞄她一眼，看到安妮哈哈大笑，才稍感放心。

「那就好，那就好，怕你嫌我煩，不過還是小心為上。你女兒怎麼說？」

安妮面露憂色地說：「我有寫信給莎拉，她在瑞士。可是我還沒收到任何答覆。當然啦，她應該才剛收到信，但我覺得……」她沒再往下說。

「回信這檔事本來就很容易忘，我自己就愈來愈糊塗了。有人請我三月到奧斯陸做一系列演說，我本想覆信的，結果忘得一乾二淨，昨天才在舊外套口袋裡找到邀請函。」

「你還有很多時間回信啊。」安妮安慰道。

傑佛瑞．方恩悲傷地用藍眼望著她說：「可惜那是去年三月的邀請啊，親愛的安妮。」

「噢，天啊！可是，傑佛瑞，那封信怎會一直放在外套口袋裡？」

「那是一件很舊的外套，其中一隻袖子都快掉了，穿起來很不舒服，我就……嗯，把它擱到一邊了。」

「你真該找個人來照顧你，傑佛瑞。」

「我寧可不要被照顧，以前找過一個非常好管閒事的管家，廚藝一流，但有潔癖，把我關於布里亞諾製雨者的筆記全扔了，損失無可彌補。她的託辭是我把筆記放在煤箱裡，但我跟她說：煤箱又不是垃圾桶！陳……陳……陳什麼太太的。女人真是不懂輕重，把打掃奉若規臬，宛如儀式。」

「真的欸。蘿拉．惠茲特堡──你一定認識她──就嚇我說，一天洗兩次脖子的人，內心往往十分險惡，顯然愈骯髒邋遢，心靈就愈純淨！」

「是──嗎？好了，我該走了。」他嘆口氣，「我會想你的，安妮，你不知道我會多想念你。」

「你又不會失去我，傑佛瑞，我不會離開的，理查在倫敦有份工作。你會喜歡他的。」

傑佛瑞．方恩再嘆口氣。

「以後就不一樣了，美女一嫁給男人……」他握緊安妮的手，「你對我來說非常重要，安妮，我差點偷偷希望……但不可能的，像我這種老頭子，你一定會覺得沉悶。不過我一心一意待你，安妮，由衷希望你幸福。你知道你讓我想到什麼嗎？想到荷馬的詩句。」

他開心地引用了一大段希臘文。

「念完了。」他興奮地說。

「謝謝你，傑佛瑞，」安妮表示，「但我不懂它的意思。」

「意思是……」

「不，別告訴我，其意不會更勝其音，希臘文真是美麗的語言，再見了，親愛的傑佛瑞，謝謝你……別忘了你的帽子。那不是你的傘，是莎拉的陽傘。還有……等等，你的公事包。」

傑佛瑞離開後，安妮關上前門。

艾迪絲從廚房探出頭。

「跟小孩子一樣沒救，對吧？」她說，「偏偏他又不傻，在某方面還挺聰明的，不過他熱心鑽研的那些原始部落，心思並不怎麼純正。他送你的那座木雕像，被我塞到被單櫃後頭了，得找個無花果葉遮掩一下。不過老教授本身毫無邪念，而且他也沒那——麼老。」

「他四十五歲。」

「就是嘛，都是讀太多書才會禿成那樣。我姪子的頭髮是發燒後掉的，禿得跟蛋一樣光溜，但後來又長了些回來。這兒有兩封信。」

安妮拿起信。

「退件？」她臉色一變，「噢，艾迪絲，這是我寄給莎拉的信哪，我怎麼那麼蠢，只寫了旅館名稱，沒寫地名，真不知我最近怎麼搞的。」

「我知道。」艾迪絲意有所指地說。

「我做了件最笨的事……另一封是蘿拉女爵寄來的……噢，她人真好，我得打電話給她。」

安妮走到客廳撥電話。

「蘿拉嗎？我剛收到你的信，你太客氣了，我最喜歡畢卡索了，一直想要有一幅他的畫，我會把畫掛到書桌邊，你待我真好。噢，蘿拉，我好白痴！我寫信把一切跟莎拉說了，但這會兒信被退回來了，因為我只寫了瑞士阿爾卑斯旅館，沒寫地名，你相信我會這麼蠢嗎？」

蘿拉女爵用低沉的嗓音說：「嗯，有意思。」

「什麼叫有意思？」

「就是有意思啊。」

「我知道你的語氣，你是在暗示我並不希望莎拉收到信或之類的吧？又是你的怪理論——所有錯誤都是蓄意的。」

「這不是我獨有的理論。」

「反正不是事實！莎拉後天就回來了，她完全不知情，我得費很多唇舌跟她解釋，實在太難為情了，教我從何說起。」

「是的，不想讓莎拉收到信，就是這種後果。」

「但我真的希望她收到信，你別這麼討厭嘛。」

電話那頭傳來輕笑。

安妮生氣地說：「反正那個理論很可笑！就好比傑佛瑞．方恩剛才來過，他找到一封去年三月邀請他去奧斯陸演講的信，被他擱置了一年，你大概又要說，他是故意亂擺的囉？」

「他想去奧斯陸演講嗎？」蘿拉女爵問。

「我想……嗯，不知道。」

蘿拉女爵壞壞地說：「有意思。」然後便掛斷了。

❖

理查．克勞菲在街角花店買了一束黃水仙。

他心情極佳，原有的疑慮一掃而空，開始融入新的工作狀態。老闆梅禮奇．海納為人體貼，他們在緬甸建立的情誼回到英國依舊未變。這不是技術性工作，而是例行的行政職務，他在緬甸及亞洲的相關知識十分管用。理查不是什麼頂尖人才，但非常盡職勤懇，又知曉事理。

剛返回英國時的鈍挫已被他拋諸腦後，就像一切順心似的重新展開了新生活。有合意的工作、友善體貼的老闆，且即將迎娶心愛的女子。

想到安妮將照顧自己，理查便天天歡心。安妮是如此地可愛、溫柔而討人喜歡！有時當他有點獨斷時，抬眼便會看到安妮調皮地望著他笑。他很少被人嘲弄，一開始頗不是滋味，但最後他必須承認，他可以接受安妮的揶揄，而且還頗樂在其中。

當安妮說：「這樣會不會太傲慢哪，達令？」他會先皺皺眉，然後跟著她大笑說：「是有一點獨斷啦。」

有一回他對安妮說：「你對我幫助好大，安妮，你讓我變得更有同情心了。」

安妮很快答道：「我們對彼此都很有幫助。」

「我能為你做的不多，只能照顧你、呵護你。」

「別太照顧我，否則會加劇我的缺點。」

「加劇你的缺點？你根本沒有缺點。」

「噢，我有的，理查，我不想違逆別人，希望別人喜歡我，我不喜歡吵架或麻煩事。」

「幸好你不喜歡！我痛恨吵架。有些妻子老愛吵吵鬧鬧的，我見過一些！我最喜歡你這一點了，安妮，你總是那麼溫柔婉約，親愛的，我們一定會非常幸福。」

她輕聲說：「是的，我們很快樂。」

安妮心想，自從第一次遇見理查後，他改變好多，不再像以前那樣氣勢凌人地為自己辯解。就像理查自己說的，他變得更富同情心，也更有自信了，因此越發包容與友善。

理查捧著黃水仙走向公寓，安妮住在三樓，理查跟已認得他的門房打招呼後踏進電梯。

艾迪絲幫他開門，理查聽見安妮在走廊盡頭上氣不接下氣地喊道：「艾迪絲，艾迪絲！你有看見我的袋子嗎？我不知放到哪裡了。」

「午安，艾迪絲。」理查進門時說。

他在艾迪絲面前向來不自在，他會用溫和到做作的聲音來掩飾緊張。

「午安，先生。」艾迪絲畢恭畢敬地說。

「艾迪絲——」安妮的聲音十萬火急地從寢室傳來，「你聽見了嗎？快來呀！」

她走到廊上。這時艾迪絲說了：「克勞菲先生來了，夫人。」

「理查？」安妮訝異地穿過長廊走向他，將理查拉到客廳，回頭對艾迪絲說：「你一定得找到那個袋子，看我有沒有留在莎拉的房裡。」

「我看你都快瘋了。」艾迪絲邊走邊叨念。

理查擰著眉，艾迪絲說話沒大沒小，令他覺得很失恭敬，十五年前，下人哪敢這樣說話。

「理查，沒想到你今天會來，我以為你明天才會過來吃午飯。」

她似乎有些驚嚇、緊張。

「明天感覺太久了。」他笑道，「送你的。」

他將黃水仙遞給開心驚呼的安妮，忽然發現屋內已有一大盆鮮花了。壁爐邊的矮桌上擺了盆風信子，還有一碗碗初綻的鬱金香和水仙。

「你看起來很開心啊。」他說。

「當然，莎拉今天要回來。」

「對哦。她今天要回來，我都忘了。」

「噢，理查。」

她的語氣有些怨懟，他是真忘了。他的確知道莎拉返家的日期，但他和安妮昨天看戲時，兩人都沒再提到這檔事。他們兩個討論過，同意莎拉回家當晚，由安妮全心陪她，理查第二天再過來吃中飯，見他未來的繼女。

「對不起，安妮，我真的忘了，你似乎很興奮。」他有點吃味。

「回家本來就是大事，你不覺得嗎？」

「我想是吧。」

「我正要去車站接她。」她瞄著錶，「噢，沒關係，反正聯船火車[5]向來會遲到。」

艾迪絲拿著安妮的袋子，大步走到客廳。

「你把袋子放在被單櫃裡了。」

「對哦，那時我正在找枕頭套。你幫莎拉鋪好她的綠床單了嗎？沒忘吧。」

「我什麼時候忘過事了？」

「有記得擺菸了嗎？」

「有。」

「還有她的布玩具？」

「有，有，有。」

艾迪絲溺愛地搖頭走開。

「艾迪絲，」安妮嘲著她喊，將黃水仙遞上去，「麻煩你把花插到花瓶裡。」

「恐怕找不到花瓶了！算了，我會設法找個什麼。」

她接過花之後離開了。

理查說：「你興奮得跟小孩一樣，安妮。」

「想到又能見到莎拉，就好開心。」

他不甚自在地逗她說：「你是多久沒見到她——整整三個星期嗎？」

「我很好笑是吧，」安妮對他說，「可是我真的很愛莎拉，你不會希望我不愛她吧？」

「當然不會，我很期待見到她呢。」

「她非常衝動熱情，你們一定能處得很好。」

「我相信會的。」他掛著笑容說，「她是你女兒，一定是位可愛貼心的人。」

「你能這樣說真好，理查。」她搭住理查的肩，把臉湊向他，吻著他，喃喃地說：「你……你會耐著性子吧，達令？我是說，我們結婚的事，或許會令她震驚，如果我不那麼笨，能把信寄到就好了。」

「別擔心，親愛的，相信我，莎拉一開始或許難以接受，但我們會讓她明白這是一樁良緣。我跟你保證，她說什麼都不會惹我生氣。」

「噢，她什麼也不會說，莎拉很有禮貌，但她痛恨改變。」

「別擔心，達令，她畢竟躲不掉的，對吧？」

安妮沒回應理查的玩笑，依然憂心忡忡。

「如果我能立即寫信就好了……」

理查大笑道：「你看起來就像被逮到偷糖的小女孩！不會有事的，寶貝。莎拉和我很快便會成為朋友。」

5 聯船火車（boat train），配合船班發車的火車。

安妮懷疑地看著他，他的輕鬆自信令她不安，她寧可理查有些緊張。

理查繼續說道：「達令，你真的不該擔心成這樣！」

「我通常不會這樣。」安妮說。

「可是你就是一副擔心到發抖的模樣。其實這件事很單純。」

安妮說：「我只是很……嗯，很害羞吧，不知道該如何開口、該說什麼。」

「何不這麼說：莎拉，這位是理查．克勞菲，我三個星期後要嫁給他。」

「這麼直接？」安妮忍不住笑了，理查也笑著。

「那不是最棒的方法嗎？」

「或許吧。」她躊躇不決，「你無法理解我覺得有……多麼驢。」

「驢？」他瞪她一眼。

「跟長大的女兒說自己要結婚，好糗。」

「我無法理解為什麼會覺得糗。」

「也許是因為年輕人認為你早該心如古井吧，對他們而言，我們已經老了，他們認為愛——我是指談戀愛——是年輕人專屬的。發現中年人會戀愛結婚，他們一定覺得很荒謬。」

「這事一點也不荒謬。」理查斷然表示。

「我們不覺得，因為我們就是中年人。」

理查蹙著眉，再次開口時，語氣略顯嚴酷。

「聽我說，安妮，我知道你和莎拉非常親近，她可能會排斥我、嫉妒我，這很自然，我能理解，也準備去包容。莎拉開始時一定會討厭我，但最終必會接受。我們得讓她了解，你有權利過自己的生活，尋求幸福。」

安妮微紅著臉。

「莎拉不會阻礙我尋求你所謂的『幸福』，」她說，「莎拉不是壞心眼或小器的女孩，她是世上最慷慨大方的人。」

「你真是杞人憂天，安妮，你要結婚，說不定莎拉會為你開心，也會為能更自由地去過自己的生活而開心。」

「過自己的生活。」安妮輕蔑地重複道，「理查，你怎麼講得跟維多利亞時期的小說一樣。」

「你們這些當媽媽的從來不希望小鳥離巢。」

「你錯了，理查——完全錯了。」

「我不想惹你生氣，達令，但有時母親的溺愛反而壞事。我年輕時非常愛我父母，但跟他們住在一起，著實令人抓狂，他們老是追問我的行蹤，『別忘了帶鑰匙。』『關門時別那麼大聲。』『你上次忘記關走廊燈了。』『什麼？今晚又要出門？我們為你做了那麼多，你卻一點都不關心家裡。』」他頓了一下，「我真的很關心家裡。但天哪，我更想得到自由。」

「那些我都了解。」

「所以，萬一莎拉出乎你意料地渴求獨立，你也不必覺得受傷，別忘了，現在的女孩工作機會遍地都是。」

「莎拉不是職業婦女型的。」

「那是你的說法，現在大部分女孩子都有工作。」

「主要都是出於經濟需要，不是嗎？」

「什麼意思?」

安妮不耐地說:「你真的與現實脫節了十五年,理查。以前的潮流是『過自己的生活』『出去見識世界』,女孩子現在雖還這麼做,但這已不特別值得炫耀了。為了應付賦稅及遺產稅等等,女生當然有一技之長最好。莎拉並無特長,她雖然熟知當代語言,學過花藝——我們有位開花藝店的朋友安排她到店裡工作,我想莎拉應該也喜歡,但那只是份工作而已,不必大肆宣揚追求獨立什麼的。莎拉愛這個家,她在家裡非常快樂。」

「很抱歉讓你生氣了,安妮,可是……」

看到艾迪絲探頭進來,理查登時住嘴。艾迪絲面露得色,一副偷聽到祕密的模樣。

「我不想打擾你,夫人,可是你知道現在幾點了嗎?」

安妮垂眼看錶。

「還有很多時……怎麼搞的,時間跟我上次看的一模一樣。」她將錶湊到耳邊,「理查,我的錶停了。究竟幾點鐘了,艾迪絲?」

「整點過二十分了。」

「天哪,我接不到她了,可是船和火車總是遲到,不是嗎?我的袋子呢?噢,這兒,幸好現在計程車很多。不,理查,你別跟來,你留下來跟我們一起喝茶,是的,就這麼辦,我是說真的,我想這樣最好,真的,我得走了。」

她衝出客廳,砰地關上前門。快速掠過的毛皮大衣將兩朵鬱金香從碗裡掃了出來,艾迪絲彎身拾起花兒,仔細重新擺回碗裡,嘴裡嘟囔道:「鬱金香可是莎拉小姐最愛的花呢,尤其是紫紅色的。」

理查不耐地說：「這個地方似乎全繞著莎拉小姐轉。」

艾迪絲很快瞄他一眼，一臉不敢苟同。她用平板無情緒的聲音說：「啊，莎拉小姐就是有一套，那是無可否認的。我發現，有些年輕女孩丟三落四，以為一切會有人善後、幫忙整理，但你就真的什麼都甘願幫她們做！有些女孩乖巧得要命，啥都打理得整整齊齊，不勞你動手，然而你就是無法像這樣疼愛她們。這世界本來就不公平，只有政客那種神經病才會談什麼公平分享，有些人得人疼，有的沒人緣，就這麼回事。」

她邊說邊繞著客廳，整理一、兩樣物件，拍拍墊子。

理查點根菸，語氣和悅地問：「你跟潘提斯太太很久了吧，艾迪絲？」

「二十多年囉，有二十二年了。安妮小姐嫁給潘提斯先生之前，我就來幫她母親了。他真是位謙謙君子。」

理查很快看她一眼，敏感的理查覺得對方似乎稍稍強調了「他」這個字。

理查表示：「潘提斯太太跟你說過，我們再不久就要結婚了嗎？」

艾迪絲點點頭。

「不說我也知道。」

由於害羞，理查只能僵硬地朗聲說：「我……我希望我們能當好朋友，艾迪絲。」

艾迪絲板著臉表示：「我也希望如此，先生。」

理查的語氣依然很僵：「我擔心你的工作量太大，我們應該再找個人來幫……」

「我不喜歡外頭找來的女僕，我一個人做事比較方便。當然，家裡多個男人一定不一樣，首先，吃飯就不同了。」

「我食量並不大。」理查安撫她說。

「是吃飯的習慣。」艾迪絲說，「男士們不喜歡用餐盤吃飯。」

「女人的確太常用餐盤。」

「也許吧。」艾迪絲坦承道。她用一種奇怪的悲聲說：「我不否認，家裡多個男人，會比較有生氣。」

理查差點感激涕泗起來。

「你能這麼說真好。」他熱切地說。

「噢，你可以信賴我，先生，我絕不會離開潘提斯太太的，天塌了我也會守著她，而且逃避問題不是我的作風。」

「問題？此話怎說？」

「暴風雨啊。」

理查又重述一遍艾迪絲的話：「暴風雨？」

艾迪絲定定面對他說：「沒有人來問我意見，我也不會亂發言，但我想說的是，假如莎拉小姐回家後發現你們已經結婚，無可回頭了，事情可能還好辦些……假如你明白我意思的話。」

前門門鈴響了一聲，接著又一遍遍作響。

「我知道是誰在按。」艾迪絲說。

她到走廊開門，立即傳來一男一女的聲音，伴隨著笑聲與驚呼。

「艾迪絲，你這老寶貝。」說話的是個女孩，聲音溫柔富磁性。「媽媽呢？來吧，杰洛，把滑雪板放到廚房裡。」

「不許放廚房。」

「媽媽呢？」莎拉．潘提斯走進客廳，邊回頭問道。

她是個高大黑髮的女孩，理查．克勞菲沒料到她如此開朗活潑，他見過公寓裡莎拉的照片，但相片無法呈現真實。他還以為會見到年輕版的安妮——一個更有個性、更現代的安妮——但還是同一類型。可是莎拉．潘提斯卻遺傳了父親的活潑與魅力，散發出異國風味與熱情，她的出現，似乎改變了整個公寓的氛圍。

「噢，好美的鬱金香，」她歡呼著彎向花碗，「鬱金香有種屬於春天的淡淡檸檬香，我……」

她挺身看到克勞菲時，忍不住瞪大眼睛。

理查走向前說：「我是理查．克勞菲。」

莎拉優雅地與他握手，客氣地問道：「你在等我母親嗎？」

「她剛去車站接你——約五分鐘前。」

「媽媽這個傻瓜寶貝！艾迪絲是怎麼搞的，怎麼沒讓她準時出門？艾迪絲！」

「她的手錶停了。」

「媽媽的手錶……杰洛，你在哪兒。杰洛？」

一個英俊帥氣、面露慍色的年輕人，兩手各拎著一只箱子探臉進來。

「我是機器人杰洛。」他說，「莎拉，這些箱子要擺哪兒？公寓為什麼沒有門房？」

「我們有門房啊，可是你若搬著行李回來，他們就會遁形不見了。把箱子放到我房間吧，杰洛。噢，這位是杰洛．勞德先生，這位是……呃……」

「克勞菲。」理查回道。

艾迪絲進來了，莎拉一把抱住她重重一吻。

「艾迪絲，看到你這張可愛的臭臉真好。」

「臭臉個鬼啦，」艾迪絲啐道，「不許吻我，莎拉小姐，你應該要知道自己的身分。」

「別生氣嘛，艾迪絲，你明明很高興看到我。哇，家裡好乾淨哦！還是老樣子，印花棉布和媽媽的鑲貝箱——噢，沙發換地方啦，還有書桌，原本是擺在那邊的。」

「你母親說這樣能騰出更多空間。」

「不，我要本來的樣子。杰洛！杰洛，你在哪裡？」

杰洛．勞德走進來說：「又怎麼了？」莎拉已經去推書桌了，理查上前幫忙，杰洛卻開心地說：「別麻煩了，先生，我來就好。你想擺哪兒，莎拉？」

「擺回以前的地方，那邊。」

兩人搬完書桌、將沙發推回原位後，莎拉嘆口氣說：「好多了。」

「我倒不太確定。」杰洛退開評論道。

「我很確定。」莎拉說，「我喜歡一切如昔，否則家就不成家了。那個有小鳥圖案的墊子呢，艾迪絲？」

「拿去送洗了。」

「噢，好吧，沒關係，我得去瞧瞧我的房間了。」她在門口停下說，「去調點酒，杰洛，弄一杯給『加菲』先生，東西擺哪兒你都知道。」

「沒問題。」杰洛看看理查，「你想喝什麼，先生？馬丁尼，還是琴酒加橙汁？或粉紅杜松子酒？」

理查突然決定離開。

「不用，謝謝你，不必為我準備，我得走了。」

「你不等潘提斯太太回來嗎？」杰洛有種可愛迷人的氣質，「她應該很快就會回來了。等發現火車在她抵達前就進站後，她就會立即折回來了。」

「不用，我得走了，請告訴潘提斯太太，呃——維持原議，明天見。」

他對杰洛點頭致意，然後來到走廊，他可以聽見莎拉在臥室裡連珠炮似的跟艾迪絲說話。

理查心想，現在最好別留下來，他和安妮原本的計畫比較妥當。今晚由她告訴莎拉，明天他再過來吃午飯，跟未來的繼女建立情誼。

理查很心煩，因為莎拉與想像中的不同，他原以為莎拉被安妮寵壞了，處處依賴母親。而今她的美貌、精力和自信卻令他震懾。

莎拉原本在他心中只是一個概念，現在已成為現實。

第六章

莎拉邊繫緊身上的織錦長袍，邊返回客廳。

「我得把滑雪裝脫下來，我好想泡澡，火車上好髒！酒好了嗎，杰洛？」

「拿去。」

莎拉接過酒杯。

「謝謝，那男的走了嗎？調得真好。」

「他是誰？」

「我從沒見過他，」莎拉大笑說，「一定是媽媽的追求者之一。」

這時艾迪絲進房間拉窗簾。

莎拉問道：「艾迪絲，那男的是誰？」

「你母親的朋友，莎拉小姐。」艾迪絲說。

她用力扯動窗簾，然後走到第二扇窗邊。

莎拉開心地說：「我是該回來幫她挑朋友了。」

艾迪絲應道：「嗯。」然後拉開第二扇窗簾，接著她直視莎拉問：「你不喜歡他？」

「不，我不喜歡。」

艾迪絲咕噥一聲就離開了。

「她剛才說什麼，杰洛？」

「好像是說『太可惜了』。」

「真怪。」

「聽起來挺神祕的。」

「噢，你又不是不知道艾迪絲。媽媽為什麼還不回來？她為什麼非搞得這麼奇怪不可？」

「她通常不會這樣曖昧，至少我不這麼覺得。」

「幸好你有來接我，杰洛，抱歉都沒寫信給你，但你應能諒解。你為什麼能提早離開辦公室到車站？」

杰洛頓了一下才說：「噢，目前並不會特別困難。」

莎拉機警地坐直看他。

「杰洛，你坦白說，出什麼事了？」

「沒什麼，只是事情進行得不太順利。」

她責備道：「你說過會耐住性子、控制脾氣的。」

杰洛皺起眉頭。

「我知道，達令，可是你根本不明白那是何種情形。唉，我才剛從韓國那種鬼地方回來——

不過至少那邊的人都不錯——便一頭栽進銅臭味十足的西堤區[6]辦公室裡，你根本不了解路克叔叔，他又胖又老，一對賊溜溜的豬眼，『很高興你回來啦，我的孩子。』」杰洛模仿得極像，嘶啞哮喘著逼出一種油滑腔調說，「『呃，啊！希望你能收心了，好好上班，呃，啊，努力工作。我們……呃，缺人手，你若肯用心做事，呃，啊，一定前途大好。當然啦，嗯，你得先從基層幹起。不能，呃，啊，循私，這是我的原則。你四處遊蕩很長一段時間了，現在咱們瞧瞧你能不能踏踏實實地認真工作。』」

他站起來踱著步。

「四處遊蕩，那個死胖子竟然說我在陸軍服役是四處遊蕩！我真想看看他被中國紅軍砍的樣子。這些有錢的吸血鬼只會用肥屁股坐在辦公室裡，眼裡除了錢，別的都看不到……」

「噢，夠了，杰洛。」莎拉極不耐煩地說，「你叔叔只是缺乏想像力而已。總之，是你自己說得找份工作掙錢。我相信工作本身並不愉快，但你還有別的選擇嗎？你算運氣好了，有個富有叔叔在西堤區，大部分人搶破頭還沒有這種機會呢！」

「他為什麼會有錢？」杰洛說，「因為他拿該給我的錢去賺錢。哈利叔公把錢給了他，卻沒留給我那身為兄長的父親……」

「別提那些了，」莎拉說，「反正等錢到了你手上也所剩無幾，大概都被遺產稅扣掉了。」

「但那太不公平了，這點你得承認吧？」

「事情十之八九都不公平，」莎拉說，「抱怨又有何用，只會讓你變得乏味而已；一味訴說自己的不得志，真令人厭煩。」

「我覺得你不太有同情心，莎拉。」

「是沒有。我相信人要坦率，我覺得你要嘛乾脆辭職，要嘛停止抱怨，感謝自己命好，能有個豬眼哮喘的富有叔叔罩你。嘿，我終於聽到老媽的聲音了。」

安妮打開門，衝入客廳。

「莎拉，我的達令。」

「媽——終於看到你了。」莎拉重重抱住母親說，「你跑到哪兒去了？」

「都是我的錶害的，錶停了。」

「幸好有杰洛來接我。」

「噢，哈囉，杰洛，我剛才沒看見你。」

安妮心裡雖然著惱，仍笑臉迎人地跟他招呼。她好希望莎拉跟杰洛分手。

「咱們仔細瞧瞧你，達令。」莎拉說，「你看起來好美，那是新帽子吧？你看起來氣色好極了，媽媽。」

「你也是，而且曬得好黑。」

「雪地的太陽嘛，我沒渾身裹石膏回來，艾迪絲一定很失望。你巴不得我摔斷幾根骨頭，對不對，艾迪絲？」

端著茶盤進來的艾迪絲沒回應。

「我拿了三個杯子來，」她說，「不過莎拉小姐和勞德先生既然已經在喝琴酒，應該不會想喝茶了。」

6 西堤區（the City），倫敦的金融中心、大型商業機構的發祥地。

「你幹嘛講得那麼無奈，艾迪絲。」莎拉說。「反正啊，我們有問某某先生要不要喝茶。媽媽，他是誰？他的名字跟花椰菜[7]挺像的。」

艾迪絲對安妮說：「克勞菲先生說他不等了，夫人，他會照原計畫明天再來。」

「克勞菲是誰，媽媽？還有，他明天為何非來不可？我們又不希望他來。」

安妮很快答道：「再喝杯東西吧，杰洛要不要？」

「不用了，謝謝你，潘提斯太太，我真的得走了。再見，莎拉。」

莎拉陪他來到走廊，杰洛說：「今晚要不要去看電影？金像戲院有部很棒的歐洲片。」

「哦，應該很好玩。可是不行，我最好別去，畢竟這是我返家的第一個晚上，應該陪陪媽媽。我若是又立刻跑出門，可憐的媽媽一定會很失望。」

「莎拉，你真是個好得嚇人的女兒。」

「我媽人那麼好。」

「噢，我知道。」

「當然啦，她很愛問一大堆問題，像認識誰啦、做了什麼，但總體而言，她是位非常明理的媽媽。這樣吧，杰洛，如果我發現出門沒關係的話，稍後再撥電話給你。」

莎拉走回客廳，開始吃蛋糕。

「這些是艾迪絲的拿手蛋糕，」她說，「口感真好，真不知她是去哪裡弄來這些材料的。媽，告訴我，你這陣子都在做什麼，有沒有跟葛蘭特上校和其他男性友人出去玩？」

「沒——也算是有……」

安妮沒往下說，莎拉瞪著她。

「怎麼了嗎，媽媽？」

「怎麼了？沒有呀，幹嘛這麼問？」

「你看起來怪怪的。」

「有嗎？」

「媽，你有事哦，你看起來真的很奇怪，告訴我吧，我從沒見過你這種有罪惡感的表情，媽，你到底有什麼事？」

「其實也沒什麼，噢，莎拉，達令——你一定要相信以後不會有任何差異，一切都會維持原樣，只是……」

安妮話音漸歇，「我真是個懦夫。」她心想，「在女兒面前怎會如此怯場？」

莎拉一直盯住母親，她突然露出熱情的笑容。

「我相信你啊……說吧，老媽，快老實招。你該不會是要告訴我，我快要有繼父了吧？」

「噢，莎拉。」安妮鬆了一大口氣，「你怎麼猜到的？」

「一點也不難，我不曾見過有人怕成這樣的，你以為我會很介意嗎？」

「我想是吧。你不介意嗎？真的？」

「不介意。」莎拉正色道，「其實我覺得你應該再婚，爸爸畢竟去世十六年了，你應趁早再擁有性生活，你正值所謂『如狼似虎』的年紀，偏又太老派，不肯跟人搞婚外情。」

安妮無助地望著女兒，覺得一切與她想像的南轅北轍。

7 花椰菜（cauliflower）與克勞菲（Cauldfield）發音近似。

「沒錯，」莎拉點頭說，「你一定得再婚才成。」

安妮尋思：「真是我的寶貝怪女兒。」但嘴上什麼都不敢講。

「你還風韻猶存，」莎拉繼續天真熱情地說，「那是因為你皮膚好，不過你若把眉毛修一修，就更美啦。」

「我喜歡我的眉毛。」安妮執拗地說。

「你真的非常迷人呢，親愛的，」莎拉說，「我很訝異你從沒修過眉。對了，對方是誰？我猜想有三個人選。第一，葛蘭特上校，第二，方恩教授，第三是那個名字很難念的憂鬱波蘭人。不過我相信應該是葛蘭特上校，他已經追你好幾年了。」

安妮屏息說：「不是詹姆斯．葛蘭特，是……理查．克勞菲。」

「誰是理查．克勞菲？不會是剛才在這兒的那個男人吧？」

安妮點點頭。

「不行，老媽，他太自負、太討人厭了。」

「他一點也不討厭。」安妮立即辯說。

「說真的，媽，你可以找個比他更優的對象。」

「莎拉，你不懂自己在說什麼，我……我非常喜歡他。」

「你是說你愛他？」莎拉擺明了不信，「你是說，你真的熱戀上他了？」

安妮再次點頭。

莎拉說：「你知道嗎，我實在無法接受。」

安妮挺起肩說：「你才剛見過理查一面，等你了解他，一定會很喜歡他。」

「他看起來好盛氣凌人。」

「那是因為他害羞。」

莎拉緩緩說道：「反正是你的事。」

母女倆默坐良久，兩人都很尷尬。

「你知道嗎，媽媽，」莎拉打破沉寂說，「你真的需要人照顧，我才離開幾個星期，你就幹出傻事了。」

「莎拉！」安妮怒從中來地說，「你太刻薄了。」

「對不起，親愛的，但我真的這麼認為。」

「我可不這麼想。」

「這件事進行多久了？」莎拉追問。

安妮忍不住大笑。

「莎拉，你的口氣好像古裝劇裡的嚴父。我三週前認識理查的。」

「在哪裡？」

「跟詹姆斯．葛蘭特在一起時遇到的。詹姆斯認識他很多年了，他剛從緬甸回來。」

「他有錢嗎？」

安妮又感動又生氣，這孩子怎麼如此難搞？問這麼一大堆問題。她抑住脾氣，淡淡嘲諷道：「他有自己的收入，絕對養得起我。他在海納兄弟公司上班，是西堤區一家大公司。說真的，莎拉，你這樣子，人家還以為我是你女兒呢。」

莎拉肅然說道：「總得有人照顧你，達令，你根本不懂得照顧自己。我很愛你，可不希望你幹出傻事。他是單身、離婚，還是鰥夫？」

「他太太多年前死了，生第一胎時去世的，寶寶也死了。」

莎拉嘆氣搖頭。

「這下我全明白了，他就是這樣迷住你的，悲情是你的罩門。」

「別亂講話，莎拉！」

「他有姊妹、老母親或之類的嗎？」

「他好像沒有較近的親人。」

「幸好如此。他有房子嗎？你們打算住哪兒？」

「我想會住這裡吧，這邊有很多房間，而且他又在倫敦工作，你不介意吧，莎拉？」

「噢，我不會介意，我只是全心替你著想。」

「親愛的，你真窩心，可是我很清楚自己的事，我有把握跟理查在一起會很幸福。」

「你們打算何時結婚？」

「三週後吧。」

「三個星期？噢，你不能那麼快就嫁他。」

「沒理由再拖呀。」

「噢，拜託你稍微延後一下吧，給我一點時間——去適應，求求你，媽媽。」

「我不知道……我們再看看……」

「六個星期，那就等六週。」

「事情尚未定案，理查明天會過來吃午飯，莎拉，你會善待人家吧？」

「我當然會善待他，你想呢？」

「謝謝你，達令。」

「開心一點，老媽，沒啥好擔心的。」

「相信你們兩個一定會彼此喜歡。」安妮心虛地說。

莎拉默不答腔。

安妮忽然又鬧起脾氣說：「至少你可以試著……」

「都說你不用擔心了嘛。」莎拉停了一會兒後又說：「你大概會希望我今晚待在家裡吧？」

「怎麼，你想出去嗎？」

「本來也許會出去，但我不想丟下你一個人，媽媽。」

安妮朝女兒一笑，又恢復舊時的親密。

「噢，我不會孤單的，其實蘿拉有邀我一起去聽演講。」

「老蘿拉還好嗎？還是那麼精力旺盛？」

「是啊，她一點都沒變。我原本婉拒了，但我只需打個電話給她就成了。」

或者打個電話給理查……安妮很快甩掉這個念頭，最好等明天他和莎拉見面後再說。

「所以沒關係嗎？」莎拉說，「我去打電話給杰洛。」

「噢，你是要跟杰洛出去？」

莎拉挑釁地說：「是啊，不行嗎？」

安妮沒理會她，只是輕聲說：「我還以為……」

第七章

「杰洛？」

「怎麼了，莎拉？」

「我不太想看這部電影，我們能不能到別的地方談談話？」

「當然可以，要不要去吃點東西？」

「我吃不下了，艾迪絲餵得我好撐。」

「那我們去找個地方喝東西。」

他很快看了莎拉一眼，不知她哪裡不開心。一直等飲料送到面前，莎拉才突然開口：「杰洛，媽媽要再婚了。」

「哇！」他真的很訝異。

「你都不知情嗎？」杰洛問。

「我怎會知道？她是在我走後才遇到他的。」

「進展真神速。」

「太神速了，我媽實在有夠沒概念！」

「對方是誰？」

「今天下午的那個男人，名字很像花椰菜的那位。」

「噢，那位啊。」

「是啊，你不覺得他根本不合適嗎？」

「我沒怎麼注意他，」杰洛想了一下，「他看起來很普通。」

「他根本不適合我媽。」

「我想這點她自己最能拿捏。」杰洛淡淡地說。

「她才不懂，我媽媽的問題就是個性太柔弱、同情心強，她需要有人照顧。」

「顯然她也這麼認為。」杰洛咧嘴笑道。

「不許笑，杰洛，這事很嚴肅，花椰菜不適合我老媽。」

「那是她自己的事。」

「我向來認為自己得照顧她，我比老媽更懂人情世故，而且比她強悍得多。」

杰洛未敢駁斥，基本上他很同意莎拉的說法，但心裡還是犯嘀咕。

他緩緩說：「那還是一樣，莎拉，假如她想再婚……」

莎拉當即打斷他說：「噢，我也贊成媽媽應該再婚，我跟她說過，她渴愛太久，沒有正常的性生活。但她絕不能嫁給花椰菜。」

「你不認為……」杰洛猶豫地住了口。

「不認為什麼？」

「你有可能……對每個人都是那種感覺嗎？」杰洛有些不安，但還是說出口了，「畢竟你很難真的看出花椰菜適不適合她，你才跟他講了幾句話，你不覺得你其實是……」杰洛終於鼓起勇氣吐出最後幾個字，「在嫉妒嗎？」

莎拉登時箭拔弩張。

「嫉妒？我？你是說我會嫉妒繼父？親愛的杰洛！我不是很久前就跟你說過——在我去瑞士之前——說我媽應該再婚的嗎？」

「是啊，但說是一回事，」杰洛諒解地表示，「事情真的發生了又是一回事。」

「我才不是那種愛吃醋的人。」莎拉說，「我只是顧慮媽媽的幸福。」

她說得十分理直氣壯。

「我若是你，才不會去干涉別人的生活。」杰洛堅定地表示。

「但她是我自己的媽媽啊。」

「也許她最清楚自己的事。」

「告訴你，我媽意志很薄弱。」

杰洛表示：「反正這件事沒有你插手的餘地。」

他覺得莎拉在大驚小怪，杰洛已不想談論安妮和她的情事了，他想談談自己。

杰洛突然發話：「我考慮要離開。」

「從你叔叔的公司辭職嗎？噢，杰洛。」

「我真的沒法再做下去了，公司爛透了。我就算只晚到十五分鐘，也會被叮得滿頭包。」

「上班本來就該準時，不是嗎？」

「一群頑固呆板的蠢豬！只會翻帳目，整天心裡只想著錢錢錢。」

「可是杰洛，你辭職後要做什麼？」

「噢，我會找到工作的。」杰洛輕鬆地說。

「你已經試過很多工作了。」莎拉懷疑地說。

「你是指我老被炒魷魚嗎？哼，這回我可不等人把我解雇。」

「可是杰洛，說真的，你認為這個決定好嗎？」莎拉像媽媽一樣擔心地望著他，「他是你叔叔，是你唯一的親人，而且你說他做得很不錯。」

「而且我若乖乖聽話，他可能會把所有的財產都留給我？你是這個意思嗎？」

「你不是一天到晚怨說，你叔公沒把錢留給你父親嗎？」

「如果叔叔肯照顧家人，我就不必跟西堤區那些富豪哈腰屈膝了。英國簡直是爛到骨子裡了，我決定要離開這裡。」

「去國外嗎？」

「是啊，到一個有機會的地方。」

兩人都不說話，默想著那模糊不明的機會。

比杰洛腳踏實地的莎拉尖銳地說：「沒錢你能做什麼？你根本沒錢對不對？」

「我是沒錢。噢，但我想一定有各種可以做的工作。」

「哼，你究竟能做什麼？」

「你一定要這麼掃興嗎，莎拉？」

「對不起，我的意思是，你又沒有一技之長。」

「我很會處理人際關係，在戶外是一條龍，不適合窩在辦公室。」

「噢，杰洛。」莎拉嘆口氣。

「怎麼了？」

「不知道，生活很艱難哪，這些戰事讓生活變得非常動盪。」

兩人鬱鬱地望著前方。

不久杰洛寬宏大量地表示，願意再給叔叔一次機會，結果獲得莎拉大力稱讚。

「我該回家了，」她說，「媽媽應該聽完演說回來了。」

「哪方面的演說？」

「不知道，大概是『我們該何去何從』之類的吧。」

她起身說：「謝謝你，杰洛，幫了我不少忙。」

「別抱持偏見，莎拉。你媽媽若喜歡那傢伙，覺得跟他在一起會幸福，那才是重要的。」

「如果媽媽跟他在一起會幸福，那就沒關係。」

「畢竟你自己將來不久也會結婚的——我想……」

杰洛沒看莎拉，莎拉定定望著自己的手提包。

「也許吧，」她喃喃說，「但我並不特別急著……」

兩人之間懸盪著一種甜蜜而尷尬的氣氛……

❖

第二天午餐，安妮終於放下心中的大石。莎拉的表現可圈可點，她客氣地與理查寒暄，餐間有禮地與他交談。

安妮很以女兒的大方有禮為榮，她就知道莎拉可以信賴。女兒從不會讓她失望。

安妮倒希望理查能表現得好些，她知道理查很緊張，極力想搏取好感，結果卻適得其反。他那流於說教的態度近乎傲慢，急欲表現平易近人的理查，給人的感覺反而是強勢凌人，而莎拉對他的尊重徒增他的氣焰，他對自己的言論自信滿滿，似乎只有他的意見才正確。安妮十分懊惱，因為她知道這是理查缺乏自信使然。

但莎拉怎會明白？她看到理查最糟的一面，重點應該是讓她體會理查的善良才對啊。安妮緊張到坐立難安，惹得理查十分毛躁。

餐罷，咖啡送來後，安妮推說得去打電話，讓他們兩人獨處。她臥室裡有分機。安妮希望只剩他們兩個後，理查會自在一點，展現出可愛的真性情，她在那邊太礙事了，只要她離開，狀況便會平順下來。

莎拉為理查遞上咖啡，又閒話一會兒，兩人便無話可聊了。

理查打起精神，覺得坦白才是最好的做法，他今天對莎拉印象極佳，她絲毫沒有敵意。理查認為最好趁早讓她了解自己很能體諒她的處境。行前他演練過話術，然而事先背好的台詞在說出口後，卻顯得極為呆板造作。為了放鬆自己，理查佯裝溫和自信，這與他羞怯的本性更是大相逕庭。

「聽我說，小女孩，我有些事想對你說。」

「哦，是嗎？」莎拉用美麗但毫無表情的臉望著他，客氣地等他開口，害理查更加緊張。

「我只想說，我很了解你的感受，你一定覺得很震驚，你和母親向來很親，自然會抗拒外人闖入你們的生活，因此嫉妒難免。」

莎拉立即客氣地回道：「我跟你保證，一點也不會。」

粗線條的理查絲毫未能察覺那是一種警訊。

他繼續狀況外地說：「我說過了，那是很正常的，我不會逼你，你大可不理會我，等決定想跟我做朋友後，我會很樂意配合。但你必須考慮你母親的幸福。」

「我有考慮啊。」莎拉說。

「迄今為止，她都為你無私付出，現在輪到她被照顧了。相信你會希望她幸福，請記住：你有自己的生活要過，你有自己的朋友、希望與志向，你若出嫁或就業，你的母親便會孤零零的，非常寂寞，在這種節骨眼上，你一定得先以她為念。」

他頓了一下，覺得自己講得很周全。

莎拉用客氣、但帶著一絲難以覺察到的不悅，打斷他的自喜。

「你常公開演說嗎？」她問。

理查嚇了一跳，「怎麼了嗎？」

「我覺得你應該很擅長演說。」莎拉低聲表示。

她靠在椅子上欣賞自己的指甲，理查最討厭塗成豔紅色的指甲了，他發現對方展露了敵意。

理查抑住火氣，結果擠出近乎紆尊降貴的語氣。

「也許我有點流於說教，孩子，但我希望你能注意幾件之前可能忽略的事，我可以跟你保證一點：你媽媽不會因為照顧我，而少愛你一些。」

「真的嗎？你真好心，來告訴我這件事。」

她的敵意這下再明顯不過了。

如果理查停止辯護，只簡單地表示：「我把事情搞砸了，莎拉，我很害羞、不快樂，所以老講錯話，但我真的很愛安妮，可能的話，我也希望博得你的喜愛。」或許還能化解莎拉的防禦，因為她畢竟是個慷慨的人。

但理查偏偏冷峻地說：「年輕人往往很自私，只顧自己，都不替別人想。不過你一定得考慮你母親的未來，她有權利過自己的日子、把握住幸福。她需要有人照顧與保護。」

莎拉抬眼直直瞪向他，眼神冷銳而算計，令理查十分不解。

「我非常贊同你的說法。」莎拉出乎他意料地說。

安妮忐忑不安地回來了。

「咖啡還有剩嗎？」她問。

莎拉慢慢倒著咖啡，起身將杯子交給母親。

「倒好了，媽媽，」她說，「你回來得剛好，我們剛談完話。」

她走出客廳，安妮探詢地望著理查，只見他漲紅了臉。

理查說：「你女兒很討厭我。」

「耐心點，理查，求求你對她耐點性子。」

「別擔心，安妮，我早就有心理準備了。」

「這事對她來說太震撼了。」

「是的。」

「莎拉心地其實很好，她真的很可愛。」

理查沒回答，他覺得莎拉是個討厭難纏的小鬼，但卻不敢跟她母親講。

「以後就會好了。」他安慰道。

「應該是的，只是需要點時間而已。」

兩人都不開心，也不知接下來該說什麼。

❖

莎拉回到房間，看都不看地就從衣櫃裡拿出衣服攤到床上。

艾迪絲進房說：「你在做什麼，莎拉小姐？」

「噢，看看我的衣物，也許衣服該清洗或修補什麼的。」

「我全檢查過了，不勞你費心。」

莎拉沒答腔，艾迪絲瞄她一眼，看到莎拉眼中含淚。

「好了，好了，別那麼往心裡揪。」

「他好討厭，艾迪絲，太討人厭了。媽媽怎麼會喜歡他？噢，一切都毀了！將來會全變得不一樣了！」

「好了，莎拉小姐，鬧脾氣也沒用，俗話說『話少易了、言多必失』。改變不了的事，就得接受。」

莎拉狂笑道：「我還及時行事，事半功倍、滾石不生苔呢！你走開啦，艾迪絲，別來煩我。」

艾迪絲同情地搖頭離開，將門關上。

莎拉放聲痛哭，有如小孩，她難過極了，覺得痛苦無望。

她抽抽噎噎地哭道：「噢，媽媽，媽媽，媽媽……」

第八章

「噢，蘿拉，能看到你真高興。」

蘿拉．惠茲特堡坐在直背椅上，她從不慵懶地靠坐。

「安妮，一切還好嗎？」

安妮嘆口氣。

「莎拉變得非常難搞。」

「這是預料中事，不是嗎？」

蘿拉．惠茲特堡維持慣有的輕鬆語氣，卻憂心地看著安妮。

「你看起來很憔悴，親愛的。」

「我知道，我睡不好，頭又痛。」

「別把事情看得太認真。」

「說得容易，蘿拉，你根本不了解整個狀況。」安妮心浮氣躁地說，「我才讓莎拉和理查獨處一下，他們便吵起來了。」

「莎拉在嫉妒。」

「恐怕是這樣。」

「我說過，那都是意料中事，莎拉基本上還是個孩子，所有小孩都會抗拒母親關心別人、陪伴別人，你應該早有心理準備了吧，安妮？」

「有啊，雖然莎拉似乎表現得跟大人一樣獨立，但正如你說的，我已有準備了。只是令我猝不及防的，卻是理查對莎拉的妒意。」

「你以為莎拉會幹蠢事，而理查會比較平常心嗎？」

「是的。」

「他基本上沒什麼自信。一個較有自信的男人只會大笑幾聲，叫莎拉滾一邊去。」

安妮惱怒地揉著額頭說：「蘿拉，你真的沒搞清楚狀況！他們為了愚不可及的小事鬧翻，卻要我選邊站。」

「真有意思。」

「對你來說很有意思，我可快頭痛死了。」

「所以你要選哪邊站？」

「可以的話，我哪邊都不想選，可是有時……」

「有時怎樣，安妮？」

安妮沉默片刻後說：「莎拉面對此事，比理查聰明多了。」

「怎麼說？」

「莎拉的態度總是非常得體，表面上舉止合宜、不慍不火，但她很懂得如何激怒理查，她會……折磨他，然後理查便受不了，變得不可理喻。唉，他們為什麼不能彼此喜歡？」

「我想是因為兩人天性相剋吧，你同意嗎？或者你認為他們純粹是為了你而爭風吃醋？」

「只怕被你說中了，蘿拉。」

「他們到底吵些什麼？」

「全是些芝麻綠豆事。比如說，你記得我移動家具，把書桌和沙發換位置的事吧？後來莎拉又把家具挪回原位了，因為她討厭改變。有天理查突然說：『你不是喜歡把書桌擺那邊嗎？安妮。』我說我的確認為那樣感覺比較寬敞。接著莎拉便說：『我喜歡原本的樣子。』理查立即用偶爾會有的權威語氣回說：『問題不在於你喜不喜歡，莎拉，而在於你母親喜不喜歡，以後我們就照她喜歡的方式擺置。』說完他把桌子移回去，然後對我說：『你喜歡那樣，是吧？』我只好虛應道：『是啊。』他便回頭對莎拉說：『有什麼反對意見嗎，小姐？』莎拉看看他，客氣地低聲說：『噢，沒有，你問母親就行了，我的意見反正不重要。』蘿拉，雖然我一直很支持理查，卻心向莎拉，她愛這個家和裡頭的一切，但理查卻絲毫無法理解她的感受。唉，天啊，我真不知該如何是好。」

「是啊，真難為你。」

「情況應該會慢慢好轉吧？」安妮滿臉期待地看著她的朋友。

「我不會那樣指望。」

「你真的很不會安慰人，蘿拉！」

「光講好聽話沒啥好處。」

「他們兩人好狠心，明知這樣讓我很痛苦，我真的快病了。」

「自憐對你毫無幫助，安妮，對任何人都是。」

「可是我很不快樂。」

「他們也是，親愛的，把你的憐憫用到他們身上吧。莎拉這可憐的孩子一定很難受，我想理查也是。」

「天啊，莎拉回來之前，我們是如此地快樂。」

蘿拉女爵微揚起眉頭，沉默一會兒，然後說：「你快結婚了吧？什麼時候？」

「三月十三日。」

「還有差不多兩週的時間，你把婚禮延期了，為什麼？」

「是莎拉求我的，她說給她一點時間適應，她一直纏到我投降為止。」

「莎拉……我明白了。理查有為此不高興嗎？」

「他當然不高興，其實他非常生氣，一直說我把莎拉寵壞了。蘿拉，你覺得那是真的嗎？」

「不，我不覺得，你愛莎拉，但絕不寵她，到目前為止，莎拉一直很關心你——我是說，就凡事以自我為主的年輕人來說。」

「蘿拉，你認為我應該……」

她停下來。

「我認為你應該怎麼樣？」

「噢，沒什麼，有時我覺得我實在受不了了……」

公寓前門一開，安妮又打住了。莎拉走進客廳，看到是蘿拉．惠茲特堡，便一臉開心。

「噢，蘿拉，我不知道你在這兒。」

「我的教女！你還好嗎？」

莎拉走過去吻她，臉頰因外面的空氣變得又冰又涼。

「好得很。」

安妮低聲咕噥著走出客廳，莎拉望著母親，然後回頭看看蘿拉女爵，罪惡地紅了臉。

蘿拉用力點頭說：「是的，你媽媽在哭。」

莎拉理直氣壯地憤然說：「又不是我的錯。」

「不是嗎？你喜歡你母親吧？」

「你知道我愛她。」

「那為什麼讓她那麼不開心？」

「我沒有，我什麼也沒做。」

「你跟理查吵架了，不是嗎？」

「噢，那檔事呀！誰忍得住啊！他簡直無可救藥！如果老媽能看清楚就好了，我覺得她總有一天會的。」

蘿拉．惠茲特堡說：「你非得替別人安排他們的生活嗎，莎拉？我年輕時，都是家長被指責一手替孩子做安排，看來這年頭剛好相反。」

莎拉坐到蘿拉椅邊的扶手上，作勢傾訴。

「可是我很擔心，」她說，「媽媽跟他在一起不會快樂的。」

「那不關你的事，莎拉。」

「可是我忍不住會一直想，因為我不希望媽媽不快樂，她一定不會幸福的。媽媽實在太……太無助了，需要有人幫她把關。」

蘿拉．惠茲特堡拉起莎拉被曬傷的雙手，語氣嚴厲得令莎拉震驚，不得不注意聆聽。

「聽我說，莎拉，你仔細聽好。要小心，要非常小心。」

「這是什麼意思？」

蘿拉再次強調說：「千萬小心，別讓你母親做出令她遺憾終生的事。」

「那正是我要……」

蘿拉打斷她說道：「我是在警告你，而別人是不會警告你的。」她突然悠長地重重吸了口氣，「我嗅到事情有些不對勁了，莎拉，我告訴你是怎麼回事吧，那是燃燒祭品的味道……我不喜歡那味道。」

兩人還未進一步深談，艾迪絲已打開門喊說：「勞德先生來了。」

莎拉跳起來。

「哈囉，杰洛。」她轉頭看著蘿拉．惠茲特堡，「這位是杰洛．勞德。這是我教母，蘿拉．惠茲特堡女爵。」

杰洛與她握握手，說道：「我昨晚才聽過您的廣播。」

「你這麼說真令人開心。」

「是『如何活在當下』的第二集，講得太好了。」

「你太過獎了。」蘿拉女爵說。女爵看著杰洛，眼中突然一閃。

「沒有，我是真覺得好。你似乎熟知、看透了世事。」

「啊，」蘿拉女爵表示，「出一張嘴叫別人怎麼做，比親自動手容易，而且也比較有趣。可惜口才對品性無益，我覺得自己日益面目可憎。」

「噢，你才沒有。」莎拉說。

「我有的，孩子，我差點自以為了不起地給人建議——這是一種無可寬恕的罪。我該去看看你媽媽了，莎拉。」

❖

蘿拉才離開，杰洛便說：「我要離開英國了，莎拉。」

莎拉錯愕地望著他。

「噢，杰洛……什麼時候？」

「算是立即出發吧，就這週四。」

「去哪兒？」

「南非。」

「可是路途好遠。」莎拉喊道。

「是滿遠的。」

「你會好幾年回不來！」

「也許吧。」

「你去那邊要做什麼？」

「種柳橙，我跟幾個人一起去，應該很有意思。」

「噢，杰洛，你非去不可嗎？」

「我受夠這個國家了，太死氣沉沉，對我毫無助益，我在這裡也無法發揮。」

「你叔叔那邊怎麼辦？」

「噢，我們已經撕破臉不講話了；不過蓮娜嬸嬸人很好，給了我一張支票和防蛇咬的東西。」

他咧嘴笑著。

「可是你會種柳橙嗎，杰洛？」

「完全不會，不過學了就會吧。」

莎拉嘆口氣。

「我會想你的……」

「你應該不會……不會想太久。」杰洛粗聲說著，不去看她。「如果分隔天涯海角，人們很快便會彼此遺忘。」

「不會的……」

他瞄了莎拉一眼。

「不會嗎？」

莎拉搖搖頭。

兩人尷尬地別開視線。

「跟你一起出遊非常好玩。」杰洛說。

「是的……」

「有人真的靠種柳橙發了財。」

「是吧。」

杰洛字斟句酌地說：「我想，住在南非應該會生活得很愉快——我是指對女人而言。氣候溫和，還有很多僕人等等。」

「是啊。」

「可是我想你應該很快就會嫁人吧……」

「噢，不會的。」莎拉搖著頭，「年紀輕輕就結婚太不智了，我很久以後才會考慮嫁人。」

「你雖然這麼想，但總有人會讓你改變心意的。」杰洛沮喪地說。

「我不是那麼容易被說服的人。」莎拉安慰他說。

兩人不知所措地站著，不敢看對方。接著杰洛白著臉，哽咽地說：「親愛的莎拉……我為你痴狂，你知道嗎？」

「你有嗎？」

兩人看似不情願般地緩緩挨近，杰洛抱住莎拉，羞怯猶疑地吻著……

杰洛不懂自己為何如此笨拙，他是個開朗的年輕人，跟女生交往經驗豐富，但這可不是「一般」女生，而是他的心上人莎拉……

「杰洛。」

「莎拉……」

他再度吻住她。

「你不會忘記吧，親愛的莎拉？我們在一起的那些歡樂時光，以及所有的一切？」

「我當然不會忘記。」

「你會寫信給我嗎？」

「我很討厭寫信欸。」

「可是你就寫給我吧，求求你，達令，我去那裡之後會很寂寞……」

莎拉抽開身，怯怯笑道：「你才不會寂寞，那邊會有很多女生。」

「如果有，應該也都上不了檯面。我寧可想像那邊除了柳橙外，什麼都沒有。」

「你最好不時給我寄一箱柳橙過來。」

「我會的，噢，莎拉，我願意為你做任何事。」

「那就努力工作吧，把你的柳橙農場經營得有聲有色。」

「我會的，我發誓一定會。」

莎拉嘆口氣。

「真希望你不是馬上要走，」她說，「有你陪著談心事，讓人寬慰多了。」

「花椰菜還好嗎？有沒有稍微喜歡他一點？」

「才沒有，我們吵個不停，不過，」她用勝利的語氣說，「我想我快贏了，杰洛！」

杰洛不安地看著她。

「你是說，你媽媽……」

莎拉得意地點點頭。

「我想她已經開始明瞭那個男的有多麼沒救了。」

杰洛看起來更加難安了。

「莎拉，不管怎麼說，我希望你不要……」

「不要跟花椰菜鬥嗎？我非跟他鬥到底不可！絕不放棄，我一定得救老媽。」

「我希望你不要干涉，莎拉，你媽媽一定很清楚自己要什麼。」

「我說過了，我媽很脆弱，太有同情心，判斷力就失了準，我要救她免於一場不幸的婚姻。」

杰洛鼓起勇氣說：「我還是認為你只是在嫉妒。」

莎拉狠狠瞪他一眼。

「好吧！隨你怎麼想！你最好現在就走。」

「別生我氣嘛，你應該知道自己在做什麼。」

「我當然知道。」莎拉說。

❖

蘿拉．惠茲特堡進房時，安妮正坐在臥房梳妝台前。

「覺得好些了嗎，親愛的？」

「好多了，我真的好傻，不該受這些事影響的。」

「有個叫杰洛．勞德的年輕人剛到，他是不是是……」

「是的，你覺得他如何？」

「莎拉愛上他了。」

安妮面露煩惱，「噢，天啊，我真希望不是這樣。」

「希望也沒用。」

「反正不會有結果的。」

「你覺得他完全配不上莎拉是吧？」

安妮嘆口氣，「只怕是的。他做事毫無定性，人很可愛，但就是……」

「不夠穩健牢靠？」

「感覺上他到哪裡都成不了氣候，莎拉總說他運氣差，我卻認為不只如此。」她接著說，「其實莎拉還認識很多很棒的男人。」

「但她嫌他們無趣是嗎？幹練的女孩——莎拉真的非常能幹——總是被壞男人吸引，這似乎是不變的自然律。我必須承認，連我都覺得那年輕人挺迷人的。」

「連你都這麼覺得嗎，蘿拉？」

「我也有女人的弱點啊，安妮。我該走了，晚安了，親愛的，祝你好運。」

❖

理查在八點整抵達公寓，打算與安妮一起吃飯。莎拉正要出門吃飯跳舞，理查到時她正在客廳搽指甲油，空氣中飄著梨糖香。莎拉抬眼說了聲：「哈囉，理查。」然後繼續搽指甲油。理查不悅地看著她，很氣餒自己竟會愈來愈討厭莎拉。他原本一片赤誠，想當個仁慈友善的繼父，疼她、喜愛她。他知道一開始莎拉會有疑慮，但他自認能輕易克服莎拉幼稚的偏見。

結果掌控大局的竟然不是他，而是莎拉。她冷酷的蔑視與憎惡，刺痛他敏感的神經，對他造成了傷害與羞辱。理查原本就有些自卑，莎拉的態度更進一步打擊他的自尊。他的一切努力——先示好，再主導——全都一敗塗地，他老是講錯話、做錯事，除了對莎拉日漸憎惡外，對安妮也愈來愈不滿了。安妮應該支持他，好好管教莎拉，讓莎拉曉得自己的地位才對。安妮應該站在他這邊，但她卻一味地兩邊搓合、居中協調，令他十分苦惱。她應該知道那種做法沒有實質的幫助才對啊！

莎拉伸出手，東轉西翻地晾乾指甲油。

理查明知最好別多話，卻忍不住表示：「你看起來像把指甲泡到血裡，真不懂你們女生幹嘛搽指甲油。」

「你不懂嗎？」

理查想找個較安全的話題，便說：「傍晚時我遇到了你那位年輕朋友勞德，他說他要去南非了。」

「他星期四走。」

「如果他想在南非幹出一番成果，就得全心投入。不愛工作的人，不適合那邊。」

「你對南非好像很了解嘛？」

「這些地方都差不多，需要有膽識的男人。」

「杰洛很有膽識，」莎拉又說，「如果你非得用這個字眼來形容的話。」

「我那樣說有什麼不妥嗎？」

莎拉揚頭冷冷瞪他一眼。

「我只是覺得那說法很噁心罷了。」她說。

理查漲紅了臉。

「可惜你媽沒把你的禮儀教好。」他說。

「我很失禮嗎？」她張大眼無辜地說，「真對不起。」

她誇張的道歉絲毫無法平撫他。

理查突然問道：「你母親呢？」

「在換衣服，馬上就來。」

莎拉打開她的鏡子，仔細端詳自己的臉，然後開始補妝，重新上口紅、描畫眉毛。她其實不久前才剛化完妝，這麼做只是想氣理查而已。她知道老古板理查很討厭看女人公然補妝。

理查努力故作輕鬆地說：「行了吧，莎拉，別弄過頭了。」

她放下手裡的鏡子說：「你是什麼意思？」

「我是說那些塗塗抹抹，我可以跟你保證，男人不喜歡大濃妝，你只會讓自己看起來……」

「像個妓女是嗎？」

理查憤怒地說：「我又沒那麼講。」

「但你就是那個意思。」莎拉將化妝品扔回袋子裡，「關你屁事？」

「莎拉，你聽我說……」

「我愛怎麼塗我的臉是我家的事，不勞您費心！」

莎拉氣到渾身發抖，都快哭出來了。

理查也徹底失控，對莎拉咆哮起來。

「你這個令人髮指、執拗乖張的刁婦，簡直是無可救藥！」

這時安妮進來了，她站在門口，疲憊地說：「唉，天啊，這會兒又怎麼了？」

莎拉從她身邊奔出去，安妮看著理查。

「我只是叫她別在臉上塗那麼多化妝品。」

安妮重重嘆口氣。

「拜託，理查，你有點概念好不好，她化妝又干你什麼事了？」

理查憤慨地來回踱步。

「罷了，如果你希望你女兒像個妓女一樣頂個大濃妝出門的話。」

「莎拉看起來才不像妓女。」安妮駁斥道，「你怎能講這種話？現在哪個女孩不化妝？你實在太古板了，理查。」

「古板！落伍——你根本就看不起我，對不對，安妮？」

「噢，理查，我們一定得吵架嗎？難道你不明白，你那樣數落莎拉，等於是在批評我嗎？」

「我覺得你不算是很明智的母親，否則莎拉不會被慣成這樣。」

「那種說法太殘忍了，而且並非事實，莎拉又沒問題。」

理查重重坐到沙發上。

「願上帝幫助一個想娶有獨生女的單親媽媽的男人。」他說。

安妮眼中泛淚。

「你向我求婚時，便已知道莎拉的事了，我跟你說過我非常愛她，她對我非常重要。」

「我並不知道你寵她寵到這種地步！從早到晚，開口閉口都是莎拉！」

「噢，天啊。」安妮說著走過去坐到理查身邊，「理查，你講點理，我想過莎拉也許會有點嫉妒你……但我沒料到你會嫉妒莎拉。」

「我才沒有嫉妒她。」理查不高興地說。

「可是達令，你有。」

「你總是把莎拉擺在第一。」

「唉！」安妮無助地往後一靠，閉起眼睛，「我真的不知道該怎麼辦。」

「我算什麼？什麼也不是，你根本就沒把我放在心裡，你延後我們的婚期……只因為莎拉要求你……」

「我想給她多點時間適應。」

「那她現在有比較適應了嗎？她用這所有時間做些令我生氣的事。」

「我知道她不太合作……但說真的，理查，我覺得你有些誇大。可憐的莎拉幾乎說什麼都會激怒你。」

「可憐的莎拉，可憐的莎拉，看到沒？你就是這樣！」

「理查，莎拉畢竟只比小孩子大些而已，多少要讓她一點，你是個大男人了呀。」

理查突然出其不意地說：「那是因為我很愛你，安妮。」

「噢，親愛的。」

「我們原本非常快樂……直到莎拉返家。」

「我知道……」

「但現在，我似乎就快失去你了。」

「你不會失去我的，理查。」

「安妮，我最親愛的……你還愛我嗎？」

安妮忽然熱切地說：「比以前還愛你，理查，比以前還愛。」

❖

晚餐非常愉快，艾迪絲費心烹調，而公寓裡少了莎拉的挑釁，又恢復了從前的寧靜。理查和安妮有說有笑，想到過去的種種，都覺得此刻真是偷得半日清閒。

等兩人回到客廳，喝完咖啡和香草酒後，理查說：「今晚真愉快，好清靜啊，親愛的安妮，如果能一直這樣就好了。」

「早晚會的，理查。」

「你說的不是真心話，安妮。我一直在考慮，事實雖不遂人願，但終究得面對。老實說，莎拉和我大概永遠處不來了，如果我們三人硬要住在一起，必然無法生活，事實上，只有一個辦法可行。」

「你這話是什麼意思？」

「坦白說吧，莎拉得搬出家裡。」

「不成，理查，那是不可能的。」

「既然她在家裡不快樂，就該搬出去自己住。」

「莎拉才十九歲呀，理查。」

「有很多讓女生住的地方，例如青年旅館，或去適當的人家寄住也行。」

安妮堅決地搖頭。

「你不知道自己在說什麼，你現在是要我把自己的女兒趕出門，只因為我想再婚。」

「女孩子大了都喜歡獨立、自己住。」

「莎拉並不想出去自立門戶，這裡就是她的家，理查。」

「我倒認為這是個好辦法，我們可以給她充裕的生活費——由我資助，她將不虞匱乏。莎拉自己會過得很開心，而我們兩人也能很幸福，我不覺得這個計畫有何不妥。」

「你以為莎拉自己會過得很開心？」

「她會喜歡的，女生都喜歡獨立。」

「你根本不懂女生，理查，你只顧慮到自己想要什麼。」

「我只是在建議一個完美而合理的解決辦法罷了。」

安妮緩緩說道：「晚飯前你說過，我把莎拉擺在第一位。理查，從某方面來說，那是事實……那跟我比較愛誰無關，但當我考慮到你們兩人時，我知道我會優先考量莎拉的利益，因為你要知道，理查，莎拉是我的責任。在莎拉尚未長大、成熟之前，我的責任未了——而她現在還不是成熟的女人。」

「做母親的永遠也不希望孩子長大。」

「有時是真的，但我不認為我們母女的情況是那樣。我看你是不可能明白的——莎拉還非常年輕，不懂得保護自己。」

理查輕哼一聲。

「不懂得保護自己！」

「是的，我正是那個意思。她對自己、對人生都很惶惑，等她準備好離家出社會時，自然會想離開，那時我一定助她一臂之力，但她還沒有準備好。」

理查嘆口氣說：「看來我是吵不過做母親的了。」

安妮突然堅定地表示：「我是不會把自己女兒趕出家門的。在她還不想離家時那麼做，太狠心了。」

「好吧，如果你這麼反對的話。」

「噢，我非常反對。不過，理查，親愛的，你若能多點耐心就好了。要知道，你並不是外人，莎拉才是，她感受到這點了。再多給她一點時間，我知道她慢慢會和你成為朋友的，因為她真的很愛我，理查，她終究不會希望我不快樂。」

理查看著她，露出古怪的笑容。

「可愛的安妮，你真是無可救藥的樂觀。」

她投入他懷裡。

「親愛的理查……我愛你……噢，天啊，真希望我的頭別疼得那麼厲害……」

「我去幫你拿阿斯匹靈……」

理查發現，現在每次跟安妮談話，最後都以阿斯匹靈作結。

第九章

接下來兩天出奇地平靜，安妮大受鼓舞。事態畢竟沒那麼糟，就像她說的，事情總會慢慢平定下來。她對理查的說情奏效了，再過一週他們就要結婚了——她認為婚後生活便能步入正軌，莎拉一定不會再百般排斥理查，且會把心思擺在外界的事物上。

「我今天覺得好多了。」她對艾迪絲說。

安妮發現，現在能一整天不犯頭疼，簡直就是奇蹟。

「也許是風雨前的寧靜吧。」艾迪絲說，「莎拉小姐跟克勞菲先生就像狗跟貓，天生犯沖。」

「但我覺得莎拉已經比較習慣了，你不覺得嗎？」

「我若是你呀，夫人，絕不會做不切實際的期望。」艾迪絲陰鬱地說。

「可是總不能一直這樣下去吧？」

「這點我倒不敢指望。」

安妮心想，艾迪絲總往壞處想！老愛鑽牛角尖。

「最近就好多了。」安妮堅持道。

「啊，那是因為克勞菲先生通常都白天來，那時莎拉小姐還在花店裡忙，晚上就輪到她陪你了，何況小姐心裡這時只想著杰洛先生要出國的事。等你們一結婚，他們倆就得同住一個屋簷下，你一定會夾在兩人中間，不得安寧。」

「噢，艾迪絲。」安妮沮喪極了，艾迪絲的比喻太可怕了。

但這也點出她的感受。

她絕望地說：「我受不了了，我向來討厭爭執。」

「沒錯，你一向生活在平靜與保護之中，那樣才適合你。」

「我該怎麼辦？艾迪絲，你會怎麼做？」

艾迪絲語重心長地說：「抱怨無用，我從小就學會『人生本就是一場苦淚』。」

「你只能說這種話來安慰我啊？」

「這些事是用來考驗我們的，」艾迪絲簡短地說，「你若是那種愛跟人吵架的潑婦就好了！很多女生凶得要命。我叔叔的第二任老婆便是一例，她最愛開罵，舌頭之毒啊——不過發完飆後，她既不含怨，也不再多想，像沒事人似的雨過天青。我想是愛爾蘭人的基因吧，她母親是利墨里克[8]人，我無意看輕他們，不過利墨里克人很能吵，莎拉小姐就有點那味道。我記得你跟我說過，潘提斯先生是半個愛爾蘭人。莎拉小姐很愛發脾氣，不過女人心腸太軟也行不通。還有，我覺得杰洛先生出國是件好事，他永遠也定不下來，莎拉小姐會比他有出息。」

「我看莎拉非常喜歡他，艾迪絲。」

「我倒不擔心，人家說兩地分隔，思心更切，但我家珍妮阿姨都會再補上一句：『可惜想的是別人。』其實『眼不見，心自清』才更貼近事實。你別擔心莎拉或任何人了，這裡有本你從圖書館借來、很想看的書，我去幫你煮杯咖啡，弄幾片餅乾，你趁這個空檔好好享受吧。」

安妮不理會她最後那句話的弦外之音，只說：「你真會安撫人，艾迪絲。」

杰洛・勞德於週四離開了，那天晚上莎拉回家後，與理查大吵一架。

安妮丟下兩人遁回自己房中，躺在漆黑裡，用手摀著眼睛，以指壓住疼痛不已的額頭，淚水不斷滑落面頰。

她一遍遍低聲自語：「我受不了……我受不了了……」

不久她聽見理查咆哮著衝出客廳。

「……你母親總也說不出口，只敢藉口頭痛來逃避。」

接著前門轟然關上。

走廊上傳來莎拉的腳步聲，她緩慢遲疑地走向自己房間。

安妮喊道：「莎拉。」

門開了，莎拉有些良心不安地說：「怎麼全黑的？」

「我頭疼，把角落裡的小燈打開吧。」

莎拉依言開燈，慢慢走向床邊，她的眼神飄忽不定，一種稚氣、被遺棄的神情刺痛了安妮的心，雖然幾分鐘前安妮還氣她氣得要命。

「莎拉，」安妮說，「你非那樣不可嗎？」

8 利墨里克（Limerick），愛爾蘭第三大城。

「我怎麼了？」

「你非得一天到晚跟理查吵架嗎？你為什麼都不替我想？你知道你讓我有多不快樂嗎？你不希望媽媽幸福嗎？」

「我當然希望你快樂，所以才這樣呀！」

「我實在不懂，你讓我難過極了，有時我覺得再也撐不下去了……一切都變得如此不同。」

「是啊，一切都變了，他破壞了一切，他想把我攆走，你不會容許他把我趕走吧？」

安妮好生氣。

「當然不會，這事是誰說的？」

「他呀，剛剛才說的，但你不會這麼做吧？這簡直就像惡夢。」莎拉突然哭了起來，「一切全走樣了，自從我去了瑞士回來後，就都變了。杰洛走了——也許我再也見不著他了，然後你也討厭我了……」

「我沒有討厭你！別說那種話。」

「噢，媽媽……媽媽。」

女孩跪在床邊痛哭失聲。

她不斷地哭喊：「媽媽……」

❖

翌日早晨，安妮的早餐盤上有張理查的字條。

親愛的安妮，我們真的不能再這樣下去了，得想個辦法才行，相信你會發現莎拉的問題不如你所想的難以解決。永遠愛你的理查。

安妮皺起眉，理查是在自欺欺人嗎？或者莎拉昨晚只是歇斯底里，才胡亂發飆？很可能是後者……莎拉因與初戀情人兩地相思，心情難過。但既然她那麼討厭理查，或許離家後真的會快樂些……

安妮衝動地拿起電話，撥了蘿拉．惠茲特堡的號碼。

「蘿拉嗎？我是安妮。」

「早安，怎麼那麼早打來？」

「唉，我實在無計可施了，頭痛從沒斷過，覺得病懨懨的，我不能再這樣下去了，想問問你的意見。」

「我不給建議，那太危險了。」

安妮不理會。

「蘿拉，你覺得……假如莎拉搬出去，自己跟朋友找間公寓合住什麼的，那樣好不好？」

蘿拉女爵頓了一下，接著問：「她想搬出去嗎？」

「嗯……不是很想，我是說，這只是一個點子。」

「誰的點子？理查的嗎？」

「嗯……是的。」

「很合情理。」

「你覺得很合情理嗎？」安妮急切地問。

「我是說，理查會這樣想很合情理，他知道自己想要什麼，因此放手一搏。」

「那你覺得呢？」

「我跟你說過了，安妮，我不給建議。莎拉怎麼說？」

安妮躊躇半晌。

「我還沒真的跟她討論過這問題。」

「但你心裡有點底吧。」

安妮勉強表示：「我看她短時間內還不會想搬出去。」

「這樣啊！」

「也許我應該堅持？」

「為什麼？好治癒你的頭痛嗎？」

「不是，不是啦。」安妮驚恐地喊道，「我的意思是，為了莎拉的幸福著想。」

「聽起來很偉大！但我向來不相信冠冕堂皇的說詞，你不覺得這種說法太矯情嗎？」

「我常懷疑自己可能太黏孩子，也許莎拉離開我會比較好，更能發展自己的人格？」

「這種說法很符合潮流。」

「說真的，我想她可能會喜歡這個點子，一開始我並不那麼認為，但現在……噢，蘿拉，你有何想法就直說吧！」

「可憐的安妮。」

「你為什麼要說『可憐的安妮』？」

「因為你問我有何想法。」

「你真是毫不幫忙，蘿拉。」

「我並不想按你要的方式幫你。」

「理查愈來愈難安撫了，今早他寫了封像最後通牒的信……他很快便會要求我在他和莎拉之間做選擇了。」

「你會選誰？」

「噢，別那麼問，蘿拉，應該不至於走到那個地步。」

「但這是有可能的。」

「你真令人氣結，蘿拉，連忙都不肯幫。」安妮憤憤地掛斷電話。

當晚六點鐘，理查．克勞菲打電話來。

艾迪絲接了電話。

「潘提斯太太在嗎？」

「不在，先生，她去婦女之家參加聚會了，七點才會回來。」

「莎拉小姐呢？」

「她剛回來，你想跟她說話嗎？」

「不用了，我等下過來。」

理查堅定地大步從他的公寓走到安妮家，他徹夜無眠，最後終於想出明確的解決辦法。雖然他拖了些時間才下定決心，然而一旦做出決定，便會貫徹到底。

事況不能再持續下去了，先是莎拉，接著是安妮，非得讓她們看清事實不可，那個執拗倔強的女孩會害她母親發狂！他那可憐又心軟的安妮。然而理查對安妮也頗有怨言，甚至有一絲莫名的反感。安妮一直以撒嬌的方式逃避問題——鬧頭痛，一吵架便哭……

安妮必須面對問題！

這兩個女人……該停止胡鬧了！

他按響門鈴，艾迪絲開門讓他進入客廳，莎拉手拿著玻璃杯，站在壁爐架邊轉頭看他。

「晚安，理查。」

「晚安，莎拉。」

莎拉勉強說道：「昨晚的事我很抱歉，理查，我實在有點失禮。」

「沒關係。」理查寬宏地揮揮手說，「這事就別再提了。」

「要不要喝點東西？」

「不用了，謝謝。」

「媽媽大概還要一陣子才會回來，她去……」

理查打斷她。

「沒關係，我是來找你的。」

「我？」

莎拉眼神一凜，踏步上前坐下，戒心極重地專注看著他。

「我想跟你把話說清楚，我知道我們不能再這樣爭執不休了，這對你母親很不公平。我相信你很愛她吧。」

「當然。」莎拉冷冷地說。

「那麼我們應該放她一馬。安妮和我一週內就要結婚了，等我們度完蜜月回來，你認為我們三人同住這間公寓裡，會是什麼景況？」

「大概像人間煉獄吧。」

「這不就是了嗎？你自己也這麼想。我先說清楚吧，這不能全怪你。」

「您真是寬宏大量哪，理查。」莎拉表示。

她語氣十分熱切有禮，理查不夠了解莎拉，沒意識到那是一種警訊。

「可惜我們處不來，老實說吧，你討厭我。」

「如果你一定要我說出來，對，我討厭你。」

「沒關係，我自己也不怎麼喜歡你。」

「你恨我如毒藥。」莎拉說。

「噢，拜託，我不會說得那麼嚴重。」理查說。

「我會。」

「這麼說吧，我們互看不順眼，其實你喜不喜歡我並不重要，我要娶的是你母親，不是你。我試圖把你當朋友，你卻不領情……所以咱們得設法解決問題，我願盡力以其他方式來化解。」

莎拉狐疑地問：「什麼其他方式？」

「既然你受不了家裡的生活，我會協助你到別處獨立，過得更快樂些。安妮一旦嫁給我，我便會供養她一輩子。我會給你充裕的錢，找間小公寓，你可以跟女性朋友同住。擺置家具等等的事，可以完全按你的意思去做。」

莎拉仔細地盯著他看，說道：「你真是個慷慨的男人，理查。」

理查未能覺察莎拉的嘲諷，還竊竊為自己喝采。這事畢竟不難，女孩很清楚何者對自己有利，整個問題應能迎刃而解。

他和善地對莎拉一笑。

「我不喜歡看人受苦，你母親不了解，但我知道，年輕人都渴望獨立，你自己生活後，會比在家一天到晚吵架開心。」

「所以那是你的建議囉？」

「這是個很棒的點子，大家都會滿意。」

莎拉仰頭大笑，理查立即轉過頭。

「你休想輕易擺脫我。」莎拉說。

「可是……」

「告訴你，我不會走的，我不會走！」

兩人都沒聽見安妮的鑰匙插入前門，她推開門，發現兩人正怒目相望，莎拉渾身發抖，歇斯底里地不斷怒吼。

「我不會走！不會走！不會走！」

「莎拉……」

兩人立即轉頭，莎拉奔入母親懷中。

「達令，達令，你不會讓他把我送走，送去跟女性朋友同住吧？我討厭女性朋友，我不想自己出去住，我想留下來陪你，別趕我走呀，媽媽，不要……不要。」

安妮立即安慰她說：「絕對不會的，沒事了，達令。」

她責問理查：「你到底對她說了什麼？」

「提供她一個完美而合理的建議。」

「他恨我，他也會讓你跟著恨我。」

莎拉痛哭流涕，像個歇斯底里的孩子，安妮拚命安撫她。

「不會的，不會的，莎拉，你別胡說。」

她對理查使個眼色：「這事咱們以後再談。」

「不行，我們之後不會談的，」理查揚起下巴，「咱們就在此時此地談，得把事情談開。」

「噢，拜託。」安妮走向前，用手扶著頭坐到沙發上。

「頭痛也沒用，還是得談，安妮！問題是，對你來說，是我重要還是莎拉？」

「問題不在那兒。」

「問題就在那兒！這件事非徹底解決不可，我再也受不了了。」

理查高亢的聲音刺入安妮的腦袋，害她每條神經都像著火似的灼痛。今天的會議極不順利，她回家時已筋疲力盡，現在更覺得無法忍受眼前的生活了。

她虛弱地說：「我現在無法跟你談，理查，我真的沒辦法，我實在受不了了。」

「這事非解決不可。莎拉若不走，就我走。」

莎拉身子微微一顫，抬起下巴看著理查。

「我的安排非常合情合理，」理查說，「我都跟莎拉說了，直到你回家之前，她也似乎不怎麼反對。」

「我不走。」莎拉說。

「好孩子，你想探望你媽媽，隨時都能來，不是嗎？」

莎拉激動地轉向安妮，撲倒在她身邊。

「媽媽，媽媽，你不會趕我走吧，你不會吧？你是我媽媽呀。」

安妮面色通紅，突然堅決地說：「除非她想走，否則我不會趕自己的獨生女離家。」

理查大吼：「若不是為著要刁難我，她會想走的！」

「你想得美！」莎拉回嗆道。

「你說話有點分寸。」理查大罵。

安妮用手摀住頭。

「我受不了，」她說，「我警告你們兩個，我受不了了……」

莎拉哭求道：「媽……」

理查氣憤地轉向安妮。

「沒有用的，安妮，頭痛也救不了你！你非選擇不可。該死的。」

「媽！」莎拉真的失控了，她像個害怕的孩子黏在母親身上，「別為了他跟我反目，媽……別讓他得逞……」

安妮抓著自己的頭說：「我再也受不了了，你最好走吧，理查。」

「什麼？」他瞪著安妮。

「請走吧，放棄我吧……沒有用的……」

理查怒火攻心，厲聲說：「你知道自己在說什麼嗎？」

安妮心虛地應道：「我得清靜一下……不能再這樣了……」

莎拉再次低聲呼喊：「媽……」

「安妮……」理查的語氣盡是椎心的痛楚。

安妮絕望地哭道：「沒有用的……沒有用的，理查。」

莎拉幼稚地轉頭對理查凶巴巴地說：「走開、走開啦，我們不要你了，你沒聽到嗎？我們不要你……」

若非她長相天真，那得意的神色簡直堪稱醜惡。

理查不理會莎拉，逕自望著安妮。

他低聲問道：「你是說真的嗎？我不會……再回來了。」

安妮無力地說：「我知道……只是，事情難為啊。理查，再見了……」

理查緩緩步出客廳。

莎拉大喊一聲：「媽媽呀。」然後將頭埋到母親腿上。

安妮木然撫著女兒的頭，兩眼卻望著理查離去的門口。

一會兒後，她聽見前門重重闔上。

那天早上在維多利亞車站感覺到的寒意再次襲來，還加上沉重的悲傷……

此時理查正步下階梯，走入中庭，踏往街道……

走出她的生命……

第二部

第一章

蘿拉・惠茲特堡激動地從航空公司的巴士窗口眺望著熟悉的倫敦街道。她離開倫敦很長一段時間，替皇家考察團在全球跑了一大圈。蘿拉女爵最後在美國的行程十分緊湊，參與各種演說、主持、午餐、晚宴，幾乎無暇探訪自己的朋友。

現在一切都結束了，她回到老家，皮箱裡裝滿了筆記、統計數據和相關報告。往後準備發表時，還有得忙呢。

蘿拉是位精力無窮的女子，工作對她的吸引力大過休閒，然而她不像很多人對此沾沾自喜，有時還自嘲這種傾向是缺失，而非美德。她說，因為工作是逃避自己的主要管道，唯有生命圓融和諧時，人才能謙卑自足地與自己相處。

蘿拉・惠茲特堡一次只能專注一件事，她從不寫長信給朋友報告近況，她離開時，就等同於人間蒸發——形神俱去。

不過她會周到地寄些色彩豔麗的風景明信片給家中僕人，以免他們覺得受她輕忽。她的朋友和姊妹淘都知道，如果接到蘿拉嗓音低沉的電話，就表示她回來了。

蘿拉環視舒適的客廳片刻後心想，回家真好。她有一搭沒一搭地聽著貝瑟特報告主人離家期間，家裡發生的各種狀況。

蘿拉表示「很好，這些你是該告訴我」後，便讓貝瑟特退下了。她深深沉坐在大大的舊皮椅中，邊桌上堆滿了信件期刊，但蘿拉懶得理會，因為舉凡緊急的事，她那幹練的祕書都已處理過了。

蘿拉點了根雪茄，靠在椅上半閉著眼。

這是一個階段之終，另一階段之始……

她全身放鬆，讓飛快的思緒緩下來，調整成新的步調。她的同事、新興的問題、思考觀點、美國的權貴與友人……這些全都慢慢消退，漸次模糊了……

代之而起的，是她在倫敦該見的人、準備挨她刮的要人、被她盯上的部門、她打算採取的行動，以及非寫不可的報導……這些全清楚地回到腦海裡，蘿拉想到未來的宣導活動，和每天的繁重工作……

不過在那之前，還有段暖身的緩衝期，可趁此訪友休閒。她可以去探訪好友，關心他們的喜怒哀樂；重溫她最愛的流連處，做她私下最愛的事；還有那堆帶回來要送人的禮物……想到這裡，蘿拉忍不住笑了。她心中浮起許多名字，夏洛特、小大衛、傑洛婷和她的孩子、老華德．埃林、安妮和莎拉、派克斯教授……

不知她離開後，朋友們狀況如何？

她會去薩賽克斯郡看看傑洛婷——方便的話，就後天去吧。她伸手拿起電話跟對方約了時間。接著打電話給派克斯教授，老教授雖然目盲且近乎全聾，但身體還非常硬朗，很期待能跟老友蘿拉好好激辯一場。

接下來她撥電話給安妮．潘提斯。

接聽的人是艾迪絲。

「真意外呀，夫人，好久不見，我一、兩個月前在報上看到您的消息。對不起，潘提斯太太出門了。最近她晚上幾乎都不在，是的，莎拉小姐也不在家。是的，夫人，我會轉告潘提斯太太說您回國了，還打過電話來。」

蘿拉本想說，若不是回來了，也沒那麼方便打電話，但她沒說，只是掛斷電話，繼續撥下一個號碼。

蘿拉一邊與朋友寒暄約時間，一邊在心底提醒自己，待會兒有幾件事得再仔細推敲。

待蘿拉上床就寢，才開始分析為何艾迪絲的話令她吃驚，雖是過了一陣子才想到，但她畢竟沒忘。艾迪絲說，安妮出門了，而且最近幾乎每晚都不在。

蘿拉皺起眉頭，安妮的生活一定起了重大轉變。莎拉每晚出門不稀奇，女孩們都是這樣的，但安妮這麼嫻淑雅靜的人，只會偶爾出去吃個晚飯或看電影、表演，不至於天天出門。

蘿拉．惠茲特堡躺在床上，想了好一會兒安妮．潘提斯的事……

❖

兩週後，蘿拉女爵按著潘提斯家的公寓門鈴。

艾迪絲前來應門，那張晚娘臉微微一亮，表示她很開心。

她站到一旁讓蘿拉女爵入內。

「潘提斯太太正在換裝準備出門，」她說，「但我知道她會想見您的。」

她先送蘿拉女爵到客廳，然後再沿走廊去安妮的臥房。

蘿拉訝異地環顧客廳，整個擺設都變了——她幾乎認不出這是原來那個客廳，一時間還以為自己走錯公寓了。

原本的家具僅存幾件，如今對面角落有張大型雞尾酒吧檯，新的裝潢是頗具現代感的法國王朝風[9]，有漂亮的條紋緞子窗簾以及許多鍍金和銅錫合金的物件，牆上掛了幾幅現代畫。看起來不像尋常人家，倒像舞台布景。

艾迪絲探頭進來說：「潘提斯太太一會兒就來，夫人。」

「這裡整個換樣了。」蘿拉女爵指著四周說。

「花了不少錢呢。」艾迪絲頗不認同地表示，「還有一、兩個怪異的年輕人跑來監工，說了您都很難相信。」

「噢，我相信的。」蘿拉女爵說，「他們設計得挺好的。」

「華而不實。」艾迪絲哼道。

「人總得與時俱進嘛，艾迪絲。我想莎拉小姐一定非常喜歡。」

「噢，這才不是莎拉小姐要的，莎拉小姐不喜歡改變，從來都不喜歡。您忘啦，夫人，她連沙發換個位置都要叫半天！執意要改裝的是潘提斯太太。」

9 法國王朝風（French Empire），十九世紀初的裝飾風格。

蘿拉女爵微揚起眉，再次覺得安妮．潘提斯一定變了很多，就在此時，走廊上傳來急促的腳步聲，安妮衝進客廳，伸長手說：「蘿拉，達令，太好了，我一直好想見你。」

她匆匆吻了蘿拉一下，女爵詫異地打量她。

沒錯，安妮．潘提斯變了，原本夾雜幾莖灰髮的淡棕色頭髮，已經染紅並剪成時下最新潮的髮型。她修過眉，臉上塗著昂貴的化妝品，身穿綴著五色假珠子的短裙小禮服。她躁動作態──蘿拉．惠茲特堡覺得，那才是安妮最大的改變，因為她所知的、兩年前的安妮．潘提斯，向來端莊穩重。

此時安妮在屋裡四處走動說話，忙些瑣事，就算提問也不等人答腔。

「真的好久──非常久了──我偶爾會在報上看到你的消息。印度是什麼樣子？你在美國那邊好像大受歡迎？我想你一定吃得很好，牛排，還是什麼的？你什麼時候回來的？」

「兩個星期前，我打過電話給你，但你出門了，艾迪絲八成忘了告訴你。」

「可憐的老艾迪絲，她的記憶力愈來愈不行了。但我想她是有跟我提過，我也一直很想打電話──只是，你也知道，忙嘛。」她輕笑幾聲，「日子真的很匆忙呢。」

「你以前過得並不匆忙，安妮。」

「是嗎？」安妮虛應道，「似乎躲不掉呢。蘿拉，來杯酒吧，琴酒加萊姆好嗎？」

「不必，謝謝，我從不喝雞尾酒。」

「也對，你都喝白蘭地和蘇打水……好了。」她倒好酒端過去，然後回來為自己斟一杯。

「莎拉還好嗎？」蘿拉女爵問。

安妮言詞閃爍地說：「噢，她很好、很開心啊，我幾乎不太見得到她。琴酒呢？艾迪絲！

艾迪絲！」

艾迪絲來了。

「怎麼都沒有琴酒了？」

「還沒送到。」艾迪絲答道。

「我跟你說過，一定要有瓶備用的琴酒，太討厭了！你一定要確保家裡有充裕的酒。」

「天知道，送來的酒還不夠多啊？」艾迪絲說，「我覺得實在太多了。」

「夠了，艾迪絲。」安妮怒吼一聲，「快去給我弄酒來。」

「什麼，現在嗎？」

「對，就是現在。」

艾迪絲臭著臉退下去。

安妮憤憤地說：「她什麼都忘，簡直沒救！」

「別氣了，親愛的，過來坐下，跟我說說你的近況。」

「沒什麼好說的。」安妮笑道。

「你要出門嗎？我是不是把你拖住了？」

「噢，沒有沒有，我男友會過來接我。」

「葛蘭特上校嗎？」蘿拉女爵微笑著問。

「你指的是可憐的老詹姆斯？噢，不是的，我現在幾乎不跟他碰面了。」

「為什麼？」

「這些老頭無聊透頂，詹姆斯人很好，我知道，可是老愛講些又臭又長的故事……我受不了。」安妮聳聳肩，「我真糟糕，但也無可奈何！」

「你都還沒跟我提到莎拉，她有男友了嗎？」

「噢，多了。她人緣很好，感謝老天爺……我實在無法面對一個沒人要的女兒。」

「所以她沒有固定交往的對象？」

「呃……啊，這很難說，做女兒的什麼都不跟母親說，對吧？」

「那杰洛．勞德呢？你非常不看好的那位？」

「噢，他去南非還是哪裡了，幸好事情就這麼結束了。沒想到你還記得他。」

「我記得莎拉的事，我非常喜歡她。」

「你真好，蘿拉，莎拉很好，常常很自私自利又煩人——不過那個年紀的女孩大概都這樣吧，她待會就回來了，然後……」

電話鈴響，安妮衝過去接。

「哈囉？……噢，是你啊，達令……當然願意……是的，但我得查一下我的本子……噢，天啊，不知放哪兒去了……是的，我想應該沒問題……那就星期四……彼提餐館……就是嘛……強尼整個喝掛了，真的好好笑……當然，我們都有點壞……是啊，我也同意……」

她掛上聽筒，用滿足的語氣故意抱怨說：「電話整天響個不停！」

「大家都很愛打電話。」蘿拉．惠茲特堡淡淡同意道。

她又說：「你似乎過得很開心，安妮？」

「人不能一成不變，達令——噢，我這樣講好像莎拉的語氣。」

走廊外傳來莎拉的聲音。

「誰？蘿拉女爵嗎？太好了！」

莎拉轟然打開客廳門走進來，蘿拉．惠茲特堡為她的美貌所震懾。原本的輕浮躁動不見了，如今的莎拉是位風情萬種的年輕女子，有著絕美的臉蛋與身材。

她見到教母非常開心，熱情地吻著蘿拉。

「蘿拉，達令，太棒了，你戴那頂帽子看起來好美，有種說不出的貴氣與英氣。」

「你這孩子真愛亂說話。」蘿拉衝著莎拉笑。

「我是說真的，你真的是位名流，不是嗎？」

「而你則是位非常漂亮的年輕小姐！」

「哎呀，是拜化妝之賜。」

電話又響了，莎拉接起電話。

「哈囉？請問哪位？是的，她在。媽，又是你的電話。」

安妮接過聽筒後，莎拉坐到蘿拉的椅子扶手上。

「找媽媽的電話整天響不停。」她笑說。

安妮斥道：「安靜點，莎拉，我在講電話……是的……我想是吧……但下星期我的時間都滿了……我會查一下本子。」她轉頭說：「莎拉，去找我的本子，應該在我床邊……」

莎拉走出客廳，安妮繼續講電話。

「我當然明白你的意思……是的，那種事煩透了……是嗎，達令？……反正有愛德華……我……噢，我的小本子找到了。是的……」

她接下莎拉手上的冊子翻著，「不行，星期五我沒辦法……是的，星期五以後可以……很好，我們就在史密斯家見面……噢，我也覺得她實在是怯懦得很。」

安妮掛上聽筒大聲說：「電話真多！快把我搞瘋了……」

「你愛死電話了，媽媽，你只是喜歡碎念而已，你自己也知道。」莎拉轉頭問蘿拉女爵，「你不覺得媽媽的新髮型很漂亮嗎？年輕好多。」

安妮作態地笑道：「莎拉不肯讓我變成優雅的中年人。」

「少來了，老媽，你明明自己愛玩。她的男友比我還多，蘿拉，她很少在天亮前回家的。」

「別亂說話，莎拉。」安妮說。

「今晚是誰，媽媽？強尼嗎？」

「不，是貝西爾。」

「噢，不會吧，我覺得貝西爾很沒搞頭。」

「胡說，」安妮尖銳地說，「他很可愛。你呢，莎拉？你要出門吧？」

「是的，勞倫斯會來接我，我得趕快換衣服了。」

「去吧，對了，莎拉……莎拉！東西別到處亂丟。你的皮草，還有手套，把那個玻璃杯收一收，會打破的。」

「好啦，媽，別再念了。」

「總得有人念吧，你從不收拾東西，有時我真不懂自己怎會受得了！不行——一起帶走！」

莎拉走出客廳時，安妮誇張地大嘆。

「女孩子真的很煩，你都不曉得莎拉有多難搞！」

蘿拉很快瞄了朋友一眼。

安妮看起來脾氣很差，語氣十分不耐。

「這麼忙碌，你不覺得累嗎，安妮？」

「當然會啊——累死人了。不過總得做點事、找找樂子。」

「你以前不會這麼用力找樂子。」

「坐在家裡讀本好書、端著餐盤吃飯嗎？那種無聊日子已經結束了，現在是我人生的『第二春』。說到這個，蘿拉，這種說法是你先用的，難道你不樂見它成真嗎？」

「我當初指的不是社交生活。」

「當然不是，達令，你的意思是，做點有意義的事。但又不是人人可以像你成為公眾人物，精於分析又長於思考，我喜歡玩樂。」

「那莎拉呢？她也喜歡玩嗎？那孩子怎麼樣了？她快樂嗎？」

「當然快樂，她玩得可開心了。」

安妮說得輕鬆，蘿拉．惠茲特堡卻聽得皺眉。莎拉離開時，蘿拉被她臉上掠過的厭煩神情嚇了一跳，彷彿微笑的面具在瞬間滑落——露出底下的惶惑痛苦。

莎拉快樂嗎？安妮顯然認為她很快樂，但安妮應該很清楚……

「別胡思亂想，你這女人。」蘿拉嚴肅地告誡自己。

儘管如此，蘿拉還是深感不安，公寓裡的氣氛不太對勁，安妮、莎拉，甚至艾迪絲，全都意識到了。蘿拉覺得她們有所隱瞞，艾迪絲的不認同、安妮的躁動和緊張造作、莎拉的強顏歡笑……不知哪裡出了問題。

前門門鈴大作，臉孔板得更緊的艾迪絲宣布毛布雷先生駕到。

毛布雷先生像隻興奮的蟲子般飛奔而入——真的沒別的形容了。蘿拉女爵心想，他應該很適合演年輕又浮誇的奧斯瑞克[10]。

「安妮！」他大聲喊道，「你穿起來啦！我親愛的，真是太美了。」

他隔著距離，歪頭打量安妮的衣服，安妮一邊幫他介紹蘿拉女爵。

他走向女爵，一邊興奮地大喊。

「是浮雕的貝殼胸針，太美了！我超愛雕貝，簡直愛不釋手！」

「貝西爾非常喜愛維多利亞時期的珠寶。」安妮表示。

「親愛的，它們太有想像力了，那些絕美的小盒子——雙人髮絲交纏，捲成垂柳或甕壺——現在已做不出那麼細緻的東西了，那是失傳了的藝術呀。還有蠟花，我愛死蠟花了，還有小小的紙桌。安妮，你一定要跟我去看一張美呆了的桌子，裡面有原本的茶葉盒，貴得要命，卻非常值得。」

蘿拉．惠茲特堡說：「我得走了，免得耽誤你出門。」

「留下來陪莎拉說說話吧，」安妮說，「你很少見到她，而且勞倫斯．史汀還要一陣子才會過來找她。」

「史汀？勞倫斯．史汀？」蘿拉女爵很快地問。

「是啊，哈利．史汀爵士的公子，非常迷人。」

「噢，你真的這麼認為嗎，達令？」貝西爾說，「他老是很誇張——有點像部爛片。不過女生似乎都為他傾倒。」

「他有錢到令人髮指。」安妮說。

「對，沒錯。大部分有錢人都腦滿腸肥，像他那樣集財富與魅力於一身，實在很不公平。」

「我看我們該走了，」安妮說，「我再打電話給你，蘿拉，咱們安排個時間，好好聊一聊。」

她作態地吻了一下蘿拉，然後便與貝西爾出門了。

蘿拉女爵聽見貝西爾在走廊上說：「她佩戴的那件古董真是精美絕倫，為什麼我以前從未見過她？」

幾分鐘後，莎拉衝回客廳。

「我動作很快吧？我趕得要命，幾乎沒空上妝。」

「那衣服很漂亮，莎拉。」

莎拉旋身轉動，她穿了件緊身淡青色緞子，襯出她姣好的身材。

「喜歡嗎？很貴呢。媽媽呢？跟貝西爾走了嗎？他很不稱頭吧？不過人很風趣，又刁鑽，老女人很吃他那一套。」

「也許這對他非常有利。」蘿拉女爵不苟言笑地說。

「你也太憤世嫉俗了吧——不過說的一點也沒錯！媽媽一定玩得很開心，簡直樂不思蜀。你不覺得媽媽真的很迷人嗎？噢，天啊，變老一定很恐怖！」

「我可以跟你保證，其實很舒坦。」蘿拉女爵說。

「對你當然無所謂了——又不是人人能成為名人！從上次見面後，這些年你都在做什麼？」

「到處管閒事，介入別人的生活，告訴他們若照我的辦法做，生活就會愉快幸福。說穿了，

10 奧斯瑞克（Osric），莎劇《哈姆雷特》中的紈絝子弟。

就是把自己變成一個傲慢專橫的老太婆。」

莎拉哈哈大笑。

「要不要告訴我如何安排自己的生活？」

「你還需要聽嗎？」

「我不確定自己是不是活得夠聰明。」

「夠不夠聰明有很要緊嗎？」

「其實不要緊……我過得很開心，只是我覺得我應該做點什麼。」

「諸如？」

莎拉漫無邊際地說：「哎呀，我也不曉得，反正就學點東西、受點訓練吧。好比考古學、速記打字，或按摩、建築之類的。」

「範圍太廣了吧！難道你都沒有特別的喜好？」

「沒有──我想沒有……花店的工作還不錯，但有點做膩了。我並不清楚自己要什麼……」

莎拉漫無目標地在房中踱步。

「不考慮結婚嗎？」

「唉，結婚！」莎拉皺眉苦笑，「婚姻往往都會走調。」

「不一定總是那樣。」

莎拉表示：「我大部分朋友似乎都跟另一半分手了，最初一、兩年還好，後來便走樣了。當然了，我想，如果嫁給口袋很深的人，應該就還好吧。」

「原來你是那麼想的？」

「這是唯一合理的想法，愛情固然不錯，」莎拉不假思索地說，「但畢竟那只是一種性吸引力，無法持久。」

「你跟教科書一樣說得頭頭是道。」蘿拉女爵冷冷表示。

「那是事實，不是嗎？」

「再對不過了。」蘿拉馬上回道。

莎拉看起來有些失望。

「所以唯一合理的做法，就是嫁個非常有錢的人。」

蘿拉．惠茲特堡的唇角拉出一抹淡淡的笑意。

「或許那也無法持久。」她說。

「是啊，我想這年頭錢也是來來去去。」

「我不是指那個。」蘿拉女爵說，「我是指花錢的樂趣，跟性吸引力一樣，等你習慣花錢後，花錢的樂趣跟其他一切一樣，就會變淡了。」

「我可不會。」莎拉篤定地說，「漂亮衣服……皮草、珠寶首飾，還有遊艇……」

「你真是個小孩子，莎拉。」

「噢，我才不是，蘿拉，我覺得自己好老，偶爾還覺得自己看破了世事。」

「是嗎？」蘿拉看著莎拉年輕美麗的渴盼面容，忍不住笑了。

「我真的應該設法離開這裡，」莎拉出人意料地說，「找份工作，結婚嫁人，或做點什麼。我很容易惹媽媽生氣，我努力順她的意，卻動輒得咎。當然了，我知道自己也不好搞。人生很奇怪，對不對，蘿拉？前一刻，一切都樂趣十足，讓人玩得不亦樂乎，接著就全走樣了，讓人不知道身置何處、想做什麼，又無人可以談心。有時我竟會覺得害怕，不知所以然，也不懂自己在怕些什麼……但我就是……怕。也許我該去找人分析或什麼的。」

門鈴響了，莎拉跳起來。

「應該是勞倫斯！」

「勞倫斯．史汀嗎？」蘿拉立即問道。

「是啊，你認識他？」

「我聽說過他。」蘿拉的語氣十分嚴峻。

莎拉哈哈大笑。

「那不夠，我來幫你們介紹。」她說著，這時艾迪絲開門宣布史汀先生到臨。

勞倫斯．史汀高大黝黑，年約四十，外貌與年齡相符，一對好奇的眼睛幾乎被眼皮遮去大半，舉止慵懶優雅，有如大型動物，是那種會讓女人立即感興趣的男人。

「哈囉，勞倫斯。」莎拉說，「這位是勞倫斯．史汀。這一位是我的教母，蘿拉．惠茲特堡女爵。」

勞倫斯．史汀走上前拉起蘿拉女爵的手，以略帶戲劇性而流於輕浮的姿勢彎身行禮。

「敝人榮幸之至。」他說。

「看見了嗎，達令？」莎拉說，「你真是位貴族呢！當女爵一定很有意思，你覺得我能當上女爵嗎？」

「我想不太可能。」勞倫斯說。

「哦，為什麼？」

「你的天分在其他方面。」

他轉身對著蘿拉女爵。

「昨天我才拜讀了您登在《評論員》上的文章。」

「噢，那篇。」蘿拉女爵說，「關於婚姻穩定性的文章。」

勞倫斯喃喃說：「您似乎認定，眾人皆希望婚姻能穩定持久，但我覺得，婚姻的無常如今反成了它最大的魅力。」

「勞倫斯結過很多次婚。」莎拉調皮地說。

「只有三次，莎拉。」

「天啊。」蘿拉女爵說，「該不會是另一樁『浴缸裡的新娘』[11]吧。」

「他把她們送上離婚法庭，比殺人簡單多了。」莎拉說。

「可惜費用昂貴得多。」勞倫斯說。

「我是看著你的第二任妻子長大的，是莫里雅．鄧罕對吧？」蘿拉說道。

「正是。」

「很漂亮的女孩。」

「我同意您的看法，她很可愛，但不夠優雅。」

「優雅的氣質有時是用錢堆出來的。」蘿拉．惠茲特堡說。

她站起身。

11 浴缸裡的新娘（brides in the bath），指一九一五年發生於英國的連續殺人案，受害新娘總共有三人。

「我得走了。」

「我們可以送你一程。」莎拉說。

「不用了，謝謝，我想走走路。晚安，親愛的。」

說完她將門帶上。

「她顯然不認同我。」勞倫斯說，「我會帶壞你，莎拉，艾迪絲老太婆每次幫我開門，鼻孔都快噴火了。」

「小聲點，」莎拉說，「她會聽見。」

「公寓就是有這個大缺點，沒有隱私……」

他向她挨近，莎拉稍稍退開，啐道：「公寓的確沒有隱私，連馬桶沖水都聽得見。」

「你母親今晚去哪兒了？」

「出去吃飯了。」

「你母親是我所認識的最聰明的女人之一。」

「哪方面？」

「她從不干涉你，對吧？」

「不會——噢，不會的……」

「所以我才說她是聰明女人……咱們走吧。」他站開一步，看了她一分鐘，「你今晚美得出奇，莎拉，本就應該如此。」

「今晚幹嘛這麼大費周章？是什麼特別場合嗎？」

「今晚有事要慶祝，晚點再告訴你我們要慶祝什麼。」

第二章

幾個小時後，莎拉重新又問了一遍。

他們坐在倫敦最高級的夜總會，裡頭熱鬧異常，空氣混濁，一眼望去並不覺得此處與其他夜總會有何差異；但人們就是時興趕時髦。

莎拉有一、兩度企圖探出慶祝的原因，都被勞倫斯四兩撥千斤地轉掉了，他真的很會吊人胃口。

莎拉抽著菸環顧四周，說道：「媽媽身邊的很多古板朋友都覺得，她准許我到這種地方來很糟糕。」

「更糟的是，還縱容你跟我一起到這種地方？」

莎拉聞言大笑。

「為什麼別人都認為你這麼危險，勞倫斯？你到處勾引天真無邪的年輕女生嗎？」

勞倫斯佯裝發抖地說：「沒那麼嚴重啦。」

「那到底是怎麼回事？」

「大概是覺得我涉足了報上所說的狂歡活動吧。」

莎拉坦白說道：「聽說你們辦過一些離經叛道的派對。」

「有些人覺得離經叛道，但我只是不恪守傳統罷了。若有足夠的實驗勇氣，人生可做的事實在太多了。」

莎拉大感興趣。

「我正是那麼想。」

勞倫斯接著說：「我不特別喜歡年輕女孩，她們愚昧、輕佻又粗俗，但你不一樣，莎拉。你有勇氣、有熱情——真正的熱情。」他用眼神意味深長地輕撫她，「而且身材又美，懂得享受快感、懂得品嘗……感受……你還不清楚自己的潛能。」

為了掩飾內心的顫動，莎拉故意輕快地說：「你真會說話，勞倫斯，我相信你這番話必然所向皆捷。」

「親愛的，大部分女生都令我生厭，你卻不然。因此，」他向莎拉舉杯，「讓我們慶祝吧。」

「好……但我們要慶祝什麼？為何如此神祕？」

他對她微微一笑。

「並不神祕，其實很簡單，我的離婚判決今天下來了。」

「哦……」莎拉似乎十分吃驚，史汀盯著她。

「是的，這樣就沒有阻礙了，你怎麼說，莎拉？」

「什麼怎麼說？」莎拉問。

史汀突然粗暴地表示：「別跟我瞪大眼裝天真，莎拉，你明明知道我……我想要你，你知道這情況已有一段時間了。」

莎拉避開他的眼神，心臟愉悅地狂敲，勞倫斯有種令人亢奮的特質。

「你覺得大部分女人都很迷人，不是嗎？」她輕聲問。

「現在有魅力的女人很少了，此時此刻……唯獨你有。」他頓了一下，然後像隨口提問似的低聲說：「嫁給我吧，莎拉。」

「我不想結婚，而且你一定很高興重獲自由，不會想立刻又被綁住。」

「自由是種幻覺。」

「你是個很爛的婚姻代言人，你上一任妻子一定很不快樂吧？」

勞倫斯平靜地說：「過去兩個月我們在一起時，她幾乎不曾停止哭泣。」

「我想，是因為她愛你？」

「看起來是吧，她向來笨到出水。」

「你當初為何娶她？」

「她長得跟早期的聖母像幾無二致，那是我最愛的藝術品，可惜一擺到家裡就走味了。」

「你真是個殘酷的惡魔，勞倫斯。」莎拉半反感、半興奮地說。

「但你就是喜歡我這一點，不是嗎？假如我是那種穩重可靠、忠貞不二的丈夫，你根本不會把我放在眼裡。」

「你也太坦率了吧。」

「莎拉，你想過順服太平的日子，還是危險刺激的？」

莎拉沒回答，逕自將一小片麵包推到小盤上，然後說道：「你的第二任妻子──莫里雅・鄧罕──蘿拉女爵認識的那位，又是怎麼回事？」

「你最好去問蘿拉女爵，」他笑道，「女爵自會跟你說明白，她是個可愛但粗俗的女孩──套句俗話吧，我傷透了她的心。」

「你對你的老婆們似乎不太好。」

「我可沒傷透第一任老婆的心，這點我可以跟你保證。她離我而去，是因為道德標準嚴謹，不認同我的做法。事實上，莎拉，女人從來不是因男人的本質而嫁，她們會希望婚後能讓男人變得不一樣，但至少你可以承認，我並未對你掩藏自己的本性。我喜歡冒險，喜愛嘗試禁忌、貪歡，我沒有崇高的道德標準，也不會戴上假面掩飾。」

他壓低聲音說：「我可以給你很多東西，莎拉，我指的不僅是金錢能買的東西──例如能裹住你玲瓏軀體的皮草，襯出你白皙皮膚的珠寶──我能供你所有的一切，讓你活出熱力，莎拉，我可以讓你學會去感受。別忘了，生命就是一種體驗。」

「我……是的，我想是的。」

她看著勞倫斯，心中既厭惡又興奮。

他朝莎拉欺近。

「你對人生究竟了解多少，莎拉？微乎其微！我可以帶你四處遊歷，到可怕齷齪的地方見識生命的殘暴無情，讓你好好感受──真切地感受──活著是何等地痛快！」

他狹起眼，緊盯她的反應，然後再故意岔開話題。

「好啦，」他愉快地說，「咱們最好離開這兒。」

他示意侍者送上帳單。

然後淡漠地對莎拉一笑。

「我該送你回去了。」

在豪華漆黑的車裡，莎拉防備地端坐著，但勞倫斯連碰都沒碰她，害莎拉頗為失望。勞倫斯暗自偷笑，明白她的落寞，他太了解女人了。

勞倫斯陪莎拉走上公寓，莎拉拿鑰匙開門，進客廳開燈。

「要喝杯酒嗎，勞倫斯？」

「不用了，謝謝。晚安，莎拉。」

「勞倫斯。」她忍不住將他喚回來，這點早在勞倫斯預料之中。

「什麼事？」

他站在門口，扭頭望著肩後，眼神如鑒賞家般地掃視著她。完美──太完美了，是的，他一定要擁有她，他的脈搏微微加速，表面卻不動聲色。

「你知道……我在想……」

「想什麼？」

他走向她，兩人都壓低聲音說話，因為莎拉的母親和艾迪絲的臥室就在旁邊。

莎拉急促地說：「其實，我並未真正愛上你，勞倫斯。」

「沒有嗎？」

他的語氣令她忍不住結巴。

「沒……不算有，不是真的愛上了，我的意思是說，假如你失去所有的錢財，然後……呃，跑去種柳橙或到別的地方，我是不會想你的。」

「那很合理。」

「但那就表示我並不愛你。」

「一往情深最令我生厭，我不要你那樣，莎拉。」

「那麼……你想要什麼？」

這是個不智的問題，但她就是想問。她想繼續下去，看看到底……

他原本就離她很近了，現在突然彎身吻住她的頸窩，撫著她的酥胸。

莎拉想抽身，卻放棄了，她的呼吸急促起來。

片刻之後，勞倫斯放開她。

「你剛才說，你對我沒感情。」勞倫斯柔聲說，「你撒謊。」

說罷，勞倫斯離她而去。

第三章

安妮比莎拉早了四十五分鐘到家，她拿鑰匙開門進屋，卻見滿頭老式髮捲的艾迪絲從房間探頭出來。

最近她覺得艾迪絲愈來愈煩人了。

艾迪絲開口就對她說：「莎拉小姐還沒回來。」

艾迪絲話中的責備語氣令安妮十分反感，她立即出聲反駁。

「她為何非早回來不可？」

「出去玩那麼久——她還是個年輕閨女呢。」

「別大驚小怪的，艾迪絲，現在不比我年輕的時候了，女孩子都很懂得照顧自己。」

「那更糟，」艾迪絲說，「後果可能不堪設想。」

「我們以前那個年代的女生還不是一樣不堪。」安妮淡淡表示，「天真又無心機，如果人真要犯傻，再多的保護也擋不了她們做出蠢事。現在的女生，什麼都讀得到，什麼都能做，哪兒都能去。」

「啊，」艾迪絲陰沉沉地說，「一次經驗勝讀萬卷書，你若沒意見，其實也不干我的事。但世上紳士何其多，我就是不喜歡今晚跟她出去的那位。我姊姊諾拉的二女兒就是被那種男人毀了的——傷害造成後，再怎麼哭也沒用了。」

安妮雖然心煩，仍抑不住地笑出來——艾迪絲跟她那些親戚！而且想到自信開朗的莎拉被比成村裡的女僕，安妮便覺得好笑。

她說：「好啦，別再想東想西，去睡了吧。你今天去幫我拿安眠藥了嗎？」

艾迪絲嘟囔說：「放在你床邊了，不過吃安眠藥對你不好……會不知不覺上癮，更甭提會讓人變得更加神經質。」

安妮生氣地罵道：「神經質？我才沒有神經質。」

艾迪絲沒答腔，只是垂下嘴角，重重吸口氣，退回自己房間。

安妮憤憤地走回臥房。

她心想，這個艾迪絲真是愈來愈討厭了，真不懂我幹嘛忍她。

神經質？她哪裡神經質了。最近她只是常睡不著罷了，每個人多少都有失眠的問題，吃點藥求得一夜好眠，總比腦子像籠裡的松鼠般亂轉、醒著聽時鐘滴答響好吧。麥昆醫師對此事非常體諒，幫她開了微量無害的藥，應該是溴化物吧，讓她鎮靜心神、別想太多……

唉，為什麼大家都如此乏味，艾迪絲和莎拉都是，連親愛的蘿拉也是。安妮對蘿拉有些過意不去，她一週前就該打電話給蘿拉了，蘿拉是她最要好的老友，但她就是提不起勁——還不想打——有時蘿拉也挺難搞的……

莎拉和勞倫斯·史汀？他們真的有感情嗎？女生總是喜歡跟壞男生出去……也許他們只是玩玩而已，就算他們是認真的……

安妮在藥物的催化下睡著了，卻連夢中都睡不安穩，在枕上翻來覆去。

第二天早晨，安妮坐在床上喝咖啡時，床邊的電話響了。安妮拿起聽筒，心煩地聽見蘿拉·惠茲特堡低沉的嗓音。

「安妮，莎拉是不是常跟勞倫斯·史汀在一起？」

「天啊，蘿拉，你非一大早打電話來問我這件事嗎？我怎會知道？」

「你是莎拉的母親，不是嗎？」

「沒錯，但我總不能老追問孩子跟誰出去吧，她們才受不了呢。」

「得了，安妮，別搪塞我，他在追莎拉嗎？」

「應該沒有吧，他的離婚官司好像還沒判定。」

「昨天判決已經下來了，我看到新聞了。你對史汀認識多少？」

「他是哈利·史汀爵士的獨生子，非常富有。」

「而且聲名狼藉是嗎？」

「噢，那個呀！男人不壞女人不愛——自古皆然。但他們只是玩玩而已。」

「我想跟你談談，你今晚在家嗎，安妮？」

安妮立即表示：「不在，我會出門。」

「那就六點左右見。」

「很抱歉，蘿拉，我要去參加雞尾酒派對……」

「好，沒問題，那我五點左右到……或者……」蘿拉．惠茲特堡十分堅持，「你希望我現在就過去？」

安妮只好投降。

「五點吧——五點很好。」

她重重嘆氣後掛上聽筒。蘿拉好固執！那些評議會、聯合國教科文組織、聯合國辦事處等……讓女人的想法都變了。

「我不希望蘿拉沒事就往這兒跑。」安妮焦躁地對自己說。

儘管如此，蘿拉出現時她還是笑臉迎人地接待。艾迪絲送茶進來時，安妮正高興地聊著天，蘿拉．惠茲特堡一反常態地可親，她專心聆聽，適時回應，但僅止於此。

話題漸歇後，蘿拉女爵放下杯子，一如以往地坦率開口了。

「很抱歉讓你擔心了，安妮，但我從美國回來途中，聽見兩名男子在議論勞倫斯．史汀這個人——他們把他說得很難聽。」

安妮聳聳肩。

「噢，無意間聽到的事……」

「通常都非常有意思，」蘿拉女爵表示，「那兩位都是正人君子——他們對史汀評價極低。加上史汀的第二任妻子莫里雅．鄧罕，我在她婚前便認識她，他們離婚後也見過她，她徹底地崩潰了。」

「你是在暗示說莎拉……」

「莎拉若嫁給勞倫斯．史汀，未必會變成那樣。她生性堅強，毫不怯懦。」

「那麼……」

「但我想她可能會很不快樂。還有另一件事，你在報上讀過一名年輕女孩，席拉．萊特的消息嗎？」

「是跟毒癮有關嗎？」

「沒錯，這是她第二次上法庭了，她曾是勞倫斯．史汀的朋友。安妮，我要跟你說的是，勞倫斯．史汀是極惡之徒──假如你還不知道的話──或許你已知道了？」

「我當然知道別人對他的議論，」安妮勉強答道，「但你指望我怎樣？我又不能禁止莎拉跟他出去。我若阻攔，可能適得其反，你又不是不知道，小孩子哪肯聽指使，多說了只會愈鬧愈大。我從不覺得他們倆是玩真的，他喜歡莎拉，莎拉覺得刺激，因為他聲名狼藉，你似乎認為史汀想娶莎拉……」

「是的，我認為他想娶她，他就是我所謂的『蒐集者』。」

「我不懂你的意思。」

「那是一種人格類型──不是很好的那種。假設莎拉想嫁他，你有何感想？」

安妮苦澀地說：「我的感想重要嗎？孩子還不是為所欲為，想嫁誰就嫁。」

「但你對莎拉的影響力很大。」

「才沒有，蘿拉，這點你錯了，莎拉完全按自己的意思做事，我不會干涉她。」

蘿拉．惠茲特堡瞪著安妮。

「安妮，我實在不懂你，如果她嫁給這個人，你都不會生氣嗎？」

安妮點起一根菸，不耐煩地抽著。

「事情很難說，許多名聲掃地的男人結婚後，反而成為很棒的丈夫。若純以現實眼光來看，勞倫斯．史汀其實是很好的對象。」

「那對你並不重要，安妮，你要的是莎拉的幸福，不是她的婚產。」

「當然，但你要了解，莎拉非常喜歡精品，她比我更愛奢華的生活。」

「但她不會僅為了錢而結婚吧？」

「我想不至於。」安妮的語氣頗有保留，「實不相瞞，我覺得她非常喜歡勞倫斯。」

「你認為錢財有加分效果？」

「我不知道！這麼說好了，若要莎拉嫁給窮人，她會非常猶豫。」

「只怕未必。」蘿拉女爵若有所思地說。

「現在的女孩除了金錢，別的都不想、不談了。」

「噢，我聽過莎拉談話！她說得頭頭是道，冷靜至極，但語言可表達心緒，亦能掩飾。無論是哪個年代的年輕女性，她們的談話都有模式可循，問題是，莎拉究竟想要什麼？」

「我不知道。」安妮表示，「我想……她只想找點樂子。」

蘿拉女爵很快看了安妮一眼。

「你覺得她快樂嗎？」

「快樂呀，真的，蘿拉，她快樂極了。」

蘿拉語重心長地說：「我不覺得她快樂。」

安妮立即駁道：「女孩子嘛，就是愛擺譜罷了。」

「也許。所以你不覺得自己能干涉莎拉和勞倫斯．史汀的事？」

「看不出我能做什麼，你何不跟莎拉談一談？」

「我不該那麼做，我只是她的教母，很清楚自己的身分。」

安妮氣得漲紅了臉。

「所以你認為應該由我來跟她談？」

「非也，照你說的，談話沒什麼好處。」

「但你認為我應該做點什麼？」

「沒有，沒那必要。」

「那你究竟是什麼意思？」

蘿拉．惠茲特堡凝重地遠望著客廳對面的窗外。

「我只是不懂你心底在想什麼。」

「我心底？」

「是的。」

「我沒想什麼，什麼也沒想。」

蘿拉．惠茲特堡將眼光從屋外抽回，很快瞄了安妮一眼。

「是啊，」她說，「我就是怕那樣。」

「我真的一點也不懂你在說什麼。」

蘿拉表示：「問題不在你腦袋裡，而在心底深處。」

「噢，如果你想談亂七八糟的潛意識，就省省吧，蘿拉，你……你似乎拐著彎在罵我。」

「我沒有指責你。」

安妮站起來開始來回踱步。

「我搞不懂你的意思……我很愛莎拉……你也知道她對我有多重要，我……為了她，我放棄了一切！」

蘿拉嚴肅地說：「我知道你兩年前為她做了很大的犧牲。」

「所以呢？」安妮問道，「那不就證明了嗎？」

「證明什麼？」

「我有多愛莎拉。」

「親愛的，我又沒說你不愛她！你這是在為自己辯解，而不是反駁我的指控。」蘿拉站起來，「我得走了，或許我根本不該來……」

安妮尾隨蘿拉到門邊。

「一切都如此撲朔迷離，沒有什麼是可以掌握的……」

「沒錯。」蘿拉頓了一下，才又揚聲說。「問題是，犧牲並非一時完成便結束了！犧牲的後果會持續下去……」

安妮訝異地瞪著她。

「什麼意思，蘿拉？」

「沒什麼意思，祝福你，親愛的，聽我一句勸——算是聽專業人士的建議吧，別讓自己忙到沒時間思考。」

安妮哈哈大笑，又恢復原本的好脾氣。

「等我老到做不了事，我會坐下來好好思考的。」她開心地說。

艾迪絲進來收拾東西，安妮瞄了一眼時鐘，驚呼一聲，衝回臥房。她仔細化妝，貼近鏡子凝視自己。新髮型剪得真好，讓她年輕不少。安妮聽見前門傳來敲門聲，便出聲喊艾迪絲。

「有信嗎？」

艾迪絲默默檢視信件，然後才出聲回答。

「除了帳單沒別的了，夫人……有一封給莎拉小姐的信——南非來的。」

艾迪絲故意加重最後幾個字的語氣，但安妮並未留意。安妮返回客廳時，莎拉正好拿著鑰匙開門進來。

「我討厭菊花的臭味，」莎拉嘀咕說，「我應該去時裝雜誌當模特兒，桑垛拉一直叫我去，而且薪水比較好。哈囉，你有茶會啊？」她問，這時艾迪絲走進來收拾杯子。

「蘿拉來過了。」

「蘿拉？又是她？她昨天不是才來。」

「我知道。」安妮遲疑了一會兒後說，「她告訴我，不該讓你跟勞倫斯．史汀交往。」

「蘿拉那麼說嗎？她保護欲好強，怕我被大野狼吞掉嗎？」

「顯然是。」安妮故意說，「他的名聲似乎很糟。」

「這點所有人都知道！我剛才好像看到走廊上有信。」莎拉走出去，回來時拿著一封貼著南非郵票的信。

安妮說：「蘿拉覺得我該阻止。」

莎拉低頭看信，心不在焉地說：「什麼？」

「蘿拉覺得我該阻止你和勞倫斯交往。」

莎拉嘻皮笑臉地說：「達令，你能怎麼樣？」

「我正是這樣跟她說，」安妮得意道，「現在的母親根本無能為力。」

莎拉坐到椅子扶手上拆信，攤開兩頁的信紙開始讀。

安妮繼續說道：「我老忘記蘿拉的年紀！她真是老了，跟現代人的觀念完全脫節，老實說，我本來也很擔心你跟勞倫斯．史汀過從太密……但我覺得若對你表示意見，反而會更糟。我相信你不會真的幹出傻事……」

她頓了一下，讀信的莎拉只是喃喃虛應：「當然了，達令。」

「你應該自由選擇自己的朋友，我覺得，有時很多摩擦都是因為……」

電話鈴響。

「天啊，電話又來了！」安妮大喊一聲，開心地走過去，期待地拿起聽筒。

「哈囉……我就是潘提斯太太……是的……哪位？我沒聽清楚……您剛才說是康福德嗎？……噢，克──勞──菲……噢！……啊！……我真笨哪……是你嗎，理查？……是啊，好久不見了……你真貼心……不會，當然不會……不會的，我很高興……真的，我是說真心話……我常在猜想……你過得好不好？……什麼？……真的嗎？……我真高興，恭喜你……她一定很迷人……謝謝……我當然想見她……」

莎拉從椅子扶手上站起來，兩眼無神地慢慢走向門邊，剛才所讀的信在手裡捏成一團。

安妮繼續講電話：「不行，明天我沒辦法……不行……稍等一下，我去拿我的小本子……」

她急切地喊道：「莎拉！」

莎拉在門邊回頭。

「什麼事？」

「我的小本子呢？」

「你的本子？不知道。」

莎拉神魂飄渺，安妮不耐煩地催促她。

「快去找呀，一定在哪個地方，也許在我床邊，達令，你快點。」

莎拉離開客廳，一會兒後拿著安妮的行事曆回來。

「找到了，媽媽。」

安妮翻著本子。

「你還在嗎，理查？不行，午餐不行，你週四能過來喝一杯嗎？……噢，原來如此，真可惜，午餐也不行嗎？……你得搭早上的火車嗎？……你們住哪兒？……噢，那就在街角而已，我知道，你們兩位能不能現在就來喝杯東西？……不，我等下要出門，但我還有點時間……太好了，立刻過來吧。」

她放下電話，心神恍惚地對空望著。

莎拉先是隨口問道：「誰打來的？」接著勉強擠出一句：「媽，我接到杰洛的消息……」

安妮突然站起來。

「叫艾迪絲把最棒的玻璃杯拿出來，還有弄點冰塊。快點，他們要過來喝酒。」

莎拉順從地照辦。

「誰要來？」語氣不十分熱衷。

安妮說：「理查——理查・克勞菲！」

「他是誰？」莎拉問。

安妮瞪她一眼，但莎拉仍十分茫然。她跑去找艾迪絲。

等莎拉回來後，安妮加重語氣。

「是理查・克勞菲。」

「誰是理查・克勞菲？」莎拉一頭霧水地問。

安妮絞著手，怒不可抑，足足停了一分鐘，才穩住自己的聲音。

「原來……你連他的名字都不記得了？」

莎拉的眼神再度飄向手上拿著的信件，嘴上漫不經心地說：「我認識他嗎？跟我多說一些他的事吧。」

安妮聲音嘶啞，一字字地咬牙重重說出口，確保莎拉都聽進去了。

「理查・克勞菲。」

莎拉驚愕地抬起頭，突然意會過來。

「什麼？不會是花椰菜吧？」

「就是他。」

對莎拉而言，理查只是個笑話。

「沒想到他又出現了，」她好笑地說，「他還在追你呀，老媽？」

安妮草草答道：「沒有，人家結婚了。」

「不錯嘛。」莎拉說，「不知他老婆長什麼樣？」

「他要帶她過來喝東西，馬上就到了，他們住在蘭波特旅館。把這些書收一收，莎拉，將你的東西放到走廊，還有你的手套。」

安妮打開皮包，焦急地用小鏡子檢視面容，莎拉回來時她問。

「我看起來還好嗎？」

「很漂亮。」莎拉兀自蹙著眉頭，隨口答道。

安妮闔上皮包，不安地在房中四處亂走，搬動椅子，重新調整椅墊。

「媽，我收到杰洛的消息了。」

「是嗎？」

黃銅花瓶的菊花若擺到角落桌上會更好看。

「他運氣壞透了。」

「是嗎？」

香菸盒還有火柴放這裡。

「是呀，柳橙害了病，他和合夥人負債……如今只好變賣東西還債，一切都付諸流水了。」

「真可憐，但我並不訝異。」

「為什麼？」

「杰洛似乎老是遇到那種事。」安妮含糊地說。

「是啊……的確是這樣。」莎拉說得輕描淡寫，不再像以前激烈地為杰洛辯解。她淡淡說道：「又不是他的錯……」但語氣不若往昔肯定。

「也許不是。」安妮心不在焉地說，「但我覺得他永遠成不了氣候。」

「是嗎？」莎拉再度坐到椅子扶手上，急切地問道，「媽，你覺得——說真的——杰洛永遠做不了什麼大事嗎？」

「看起來是這樣。」

「但我知道……我很確定——杰洛其實很有才能。」

「他是個可愛的孩子，」安妮說，「但只怕他適應不了這個世界。」

「或許吧。」莎拉嘆道。

「雪利酒呢？理查向來喜歡雪利多過於琴酒，噢，在這兒。」

莎拉說：「杰洛說他要跟另一位朋友去肯亞，打算去賣車——開間車行。」

「那好呀，」安妮說，「很多沒本事的人最後都跑去開車行了。」

「可是杰洛對車子很內行，他把一部十英鎊買來的車子改裝得有模有樣，你知道嗎，媽媽，杰洛並不是偷懶或不肯工作，他真的很努力——非常辛苦，只是我覺得……」她苦思道，「他的判斷力不是太好。」

安妮首次全心注意到女兒，她委婉但堅定地說。

「你知道嗎，莎拉？我若是你，我會……徹底將杰洛遺忘。」

莎拉似乎有些動搖，她顫著唇。

「是嗎？」她猶疑不決地問。

門鈴響了，安妮精神一振。

「他們到了。」

安妮換了個位置，用造作的姿態站到壁爐架邊。

第四章

理查意氣風發地走入屋內，這是他感到尷尬時慣用的伎倆。若非為了桃樂絲，理查是絕不會來的，但桃樂絲一直很好奇，想盡辦法纏著他來。年輕貌美的桃樂絲嫁了比自己年長許多的丈夫，凡事都得順著她的意。

安妮露出迷人的笑容上前迎接，覺得自己像舞台上的戲子。

「理查——見到你真好！這位就是尊夫人嗎？」

在客氣的寒暄及無關痛癢的閒談背後，是眾人狂旋的心思。

理查暗忖：「她變好多……我幾乎認不得了……」

接著理查鬆了口氣，心想：「其實她並不適合我，太豔麗……太時髦了，看起來不怎麼正經，不是我的類型。」

他對妻子桃樂絲格外珍惜起來。理查對妻子非常迷戀——她真的好年輕。但有時他會不安地發現，妻子造作的口音常令他不耐煩，而她的淘氣也實在有點磨人。理查不認為自己高攀——他在南岸的旅館裡遇見桃樂絲，她家非常富有，父親是退休的營造商，桃樂絲的父母一度極討厭他，但如今已比一年前好多了，而他也漸漸接納了桃樂絲的朋友們。理查知道，這並非他原本希望的……桃樂絲永遠無法取代他逝去已久的艾琳，但桃樂絲帶給他第二春，此刻理查已經很滿足了。

一直對潘提斯太太心存疑慮與醋意的桃樂絲，看到安妮的裝扮後，非常詫異。

「天啊，她怎麼那麼老！」年輕的桃樂絲心想。

她覺得這裡的裝潢跟家具都相當華美，而那個女兒簡直美若時裝雜誌裡的人。沒想到她的理查以前曾跟這種時髦女子訂婚，真令她刮目相看。

安妮看到理查時也十分震驚，這位在她面前侃侃而談的男子，不啻陌生人，而她對他亦然。理查與她各自遠颺，此刻兩人之間已無交集。安妮一向覺得理查有兩項特質，他總是帶點自負與頑固。原本理查十分單純，擁有一些有趣的潛質，但那些可能性都已封死。安妮曾經深愛的理查，如今囚禁在這位親切而帶點傲慢、平凡無奇的英國丈夫身體中了。

理查娶了這名庸俗任性的孩子，沒有氣質、頭腦，僅有膚淺的美貌與青春。他娶了這個女孩，是因為她——安妮——不要他了，在羞憤與痛苦下，輕易地愛上第一位對他示好的女性。也許這樣最好吧，或許他很快樂……

莎拉送酒過來，客氣地打招呼。她的想法很單純，心裡只有一句話：「這些人實在乏味到見骨！」莎拉並未察覺背地的暗潮洶湧，仍揪心地掛著「杰洛」兩個字。

「你們把這地方整個改裝過了？」理查環顧著四周。

「你家裡的裝潢好美啊，潘提斯太太。」桃樂絲說，「攝政風格[12]最近正夯吧？這裡以前是什麼模樣？」

「老式風格吧。」理查含糊地說。他記得溫暖的爐火、安妮，以及自己所坐的舊沙發，如今已換成貴妃椅了。「我比較喜歡以前的樣子。」

「男人真是頑固到不行，對不對，潘提斯太太？」桃樂絲假笑道。

「內人非要我跟上時代不可。」理查表示。

「那是一定要的呀，達令，我才不會讓你變成趕不上時代的老頭子。」桃樂絲愛憐地說，「潘提斯太太，你不覺得他比你最後一次見到時年輕了好幾歲嗎？」

安妮避開理查的眼神，說道：「我覺得他看起來很棒。」

「我在打高爾夫。」理查說。

「我們在貝辛區附近找到一間房子，運氣很好吧？那邊搭火車很方便，理查可以每天去打高爾夫，而且球場又很棒。不過週末時人還滿多的。」

「這年頭能找到合意的房子的確很運氣。」安妮答道。

「是呀，而且還有愛家牌[13]的廚具，電線配置周全又全部換新了。理查想要那種舊到快塌的老房子，但我堅持不要！我們女人比較務實，對吧？」

安妮客氣地說：「現代的房子確實能省掉很多家事。你們有花園嗎？」

理查和桃樂絲同時開口，理查回答：「不算是有花園……」但桃樂絲卻說：「有。」

12 攝政風格（Regency），指英王喬治四世代父攝政的九年期間（1811-1820），英國流行的藝術風格。
13 愛家牌（Aga），英國高檔廚具。

理查的嫩妻責怪地看著他。

「你怎麼那樣講，達令，我們已經種了很多球莖植物耶。」

「房子周圍有四分之一畝地。」理查說。

他與安妮四目交接，兩人以前曾討論過若搬到鄉間，希望有何種花園：有一片圍起來種植水果的園子，以及植了樹的草坪……

理查連忙轉頭問莎拉。

「這位小姐，你最近還好嗎？」他對莎拉又恢復昔時的緊張，因此語氣聽來怪異而滑稽。「常去派對狂歡嗎？」

莎拉樂得哈哈笑，心想：「我都忘記花椰菜有多討人厭了，為了老媽，我最好讓他住嘴。」

「噢，是呀。」她說，「不過我規定自己，每週到酒吧林立的瓦尼街不得超過兩次。」

「現在的女生喝太多酒，臉都喝老了——不過我必須說，兩位看起來非常美豔。」

「我記得你一向對化妝品很感興趣。」莎拉甜聲說。

她走向正與安妮攀談的桃樂絲。

「我再幫你弄杯酒吧。」

「噢，不用了，謝謝，潘提斯小姐——我不能喝，連這點小酒都會讓我頭昏。你們家的吧檯好棒，實在太漂亮了。」

「是非常方便。」安妮說。

「還沒結婚嗎，莎拉？」理查問。

「噢，還沒，不過希望能嫁得掉。」

「你應該會去阿斯克特[14]這類場所吧。」桃樂絲羨慕地說。

「今年的雨打壞了我最好的一件外衣。」莎拉說。

「你知道嗎，潘提斯太太，」桃樂絲再次轉頭對安妮說，「你跟我想像的完全不一樣。」

「你想像的是什麼樣？」

「但話說回來，男人實在很拙於描述，不是嗎？」

「理查怎麼形容我？」

「噢，不知道耶。反正我覺得跟他說的不太一樣，我以為你是那種安靜膽怯的小女人。」她尖聲高笑。

「安靜膽怯的小女人？聽起來真可悲！」

「噢，不是的，理查非常推崇你，真的。害我有時非常嫉妒。」

「太好笑了。」

「唉，你也知道那情形，有時晚上理查半句話不吭時，我就笑他說是在想你。」

你想我嗎，理查？會嗎？我不相信你會，你會試著忘記我，就像我從來不願去想你一樣。

「你若有到貝辛區一帶，務必來找我們，潘提斯太太。」

「謝謝你，一定會的。」

「不過我們跟大家一樣，也搞不定傭人的事，只能請到日傭——而且通常都不牢靠。」

左支右絀地跟莎拉聊天的理查，此時轉頭問道：「老艾迪絲還在吧，安妮？」

14 阿斯克特（Ascot），英國最知名的賽馬場。

「沒錯，沒有她，我們真不知該怎麼辦。」

「她是位很棒的廚娘，以前常做可口簡單的晚餐。」

氣氛頓時尷尬起來。

艾迪絲煮的美味晚餐、爐火、印著春日薔薇花蕾的棉布……輕聲細語、一頭棕髮的安妮……歡愉的談天、籌算各種計畫……幸福的未來……即將從瑞士返家的女兒——他萬萬沒料到最後一項如此致命……

安妮看著他，在那一刻，她看到了真正的理查——她的理查——用悲傷的眼神望著她。真正的理查？桃樂絲的理查跟安妮的理查一樣真實嗎？

此時，她的理查再次消失了，桃樂絲的理查表示該告辭了。一群人又熱情地談了一會兒——他們到底走不走啊？女孩裝腔作勢的聲音真令人厭煩。可憐的理查……噢，可憐的理查！……都是她害的，是她將理查送進那個有桃樂絲的旅館大廳裡的。

但理查真的那麼可憐嗎？人家有年輕漂亮的妻子，說不定非常快樂。

他們終於走了！莎拉客氣地目送他們離去，然後回到客廳，重重吐口大氣！

「謝天謝地，終於結束了！你知道嗎，老媽，幸好你逃掉了。」

「是吧。」安妮恍惚地說。

「我問你，你現在會想嫁他嗎？」

「不會，」安妮說，「現在不會想嫁他了。」

我們已自生命的交會點分道揚鑣，理查，你奔向一方，而我走向另一頭。我已不是昔日與你在聖詹姆斯公園散步的女子，而你亦非我想要偕老的男人……我們是兩個歧異的陌生人了。你不在意我今日的妝容……我更覺得你無趣自大……

「你剛才也看到了，你若嫁他一定會無聊死。」莎拉用年輕自信的聲音說。

「是的，」安妮緩緩回應，「沒錯，我應該會無聊死。」

如今我無法靜坐待老，我必須出門——尋歡作樂——做點事情。

莎拉輕柔地攬著母親的肩頭。

「一定是的，達令，你那麼愛熱鬧，若局限在市郊的小花園，鎮日無所事事地只能等待理查回家吃晚飯，或告訴你，他在第四洞打了三桿，該有多無聊！那不會是你要的鄉村生活。」

「以前我可能會喜歡。」

一片老式、有圍牆的花園，種著樹的草坪，和一棟安妮皇后時期的紅磚小屋。而且理查不會去打高爾夫，他會忙著種玫瑰、在樹下栽植風信子。假如他愛上高爾夫，我也會替他開心能用三桿打完第四洞！

莎拉愛憐地親吻母親的臉頰。

「你應該好好感謝我，達令。」她說，「謝謝我把你救出來，要不是我，你就嫁給他了。」

安妮站開些，瞳孔微張地瞪著莎拉。

「若不是為了你，我應該就嫁給他了。如今……我不想嫁了，他對我已了無意義。」

她走到壁爐架旁撫著它，眼中盡是不可置信與痛苦。安妮輕聲說：「一點意義也沒有……什麼也沒有……人生真是一場惡劣的笑話！」

莎拉走到吧檯旁，又為自己倒了杯酒，她焦躁地站了一會兒，最後終於低著頭，用事不關己的語氣說，「媽——我想我最好告訴你，勞倫斯希望我嫁給他。」

「勞倫斯．史汀嗎？」

「是的。」

安妮沉默半晌，然後才問：「你打算如何？」

莎拉轉頭用哀求的眼神很快看了安妮一眼，但安妮並未看她。

莎拉說：「我不知道……」

她的聲音透露出彷彿小孩被拋棄時的惶恐，莎拉期待地望著安妮，但安妮的神情卻十分冷酷淡漠。

片刻後，安妮表示：「你得自己決定。」

「我知道。」

莎拉從身邊桌上拿起杰洛的信，垂眼望著，在指間緩緩絞著，最後她幾乎是用喊的：「我不知道該怎麼做！」

「我看不出該如何幫你。」安妮說。

「但你有什麼想法呢，媽媽？噢，拜託你說句話吧。」

「我已跟你說過，他的名聲不好。」

「噢，那檔事呀！那不重要，跟模範生在一起，我一定會悶壞。」

「當然了，他很富有，能供你好好享樂。」安妮說，「但你若不愛他，就別嫁他。」

「從某個角度來看，我是愛他的。」莎拉沉靜地表示。

安妮站起來看時鐘。

然後倉促地回應：「那你還有什麼問題？天啊，我忘了我要去埃利特家，我要遲到了。」

「但我還是不確定……」莎拉頓了一下，「因為……」

安妮問：「該不會還有別人吧？」

「不算有。」莎拉再次垂眼看著手中揉著的，杰洛的信。

安妮很快表示：「如果你還在想杰洛，勸你斷了這念頭，莎拉，杰洛不行的，你愈早忘掉他愈好。」

「我想你是對的。」莎拉慢慢地說。

「我當然是對的。」安妮斷然表示，「忘掉杰洛吧，假若你不愛勞倫斯．史汀，就別嫁他，你還年輕，有得是時間。」

莎拉煩亂地走到壁爐邊。

「我想我有可能嫁給勞倫斯……畢竟他非常迷人。噢，媽媽，」莎拉突然喊道，「我到底該怎麼做？」

安妮生氣地說：「莎拉，你怎麼跟兩歲娃娃一樣！我怎能替你決定你的一生？那是你自己的責任啊。」

「噢，我知道。」

「所以呢？」安妮極不耐煩。

莎拉孩子氣地說：「我以為，也許你能……多少給我一點建議？」

安妮回道：「我跟你說過，除非你自己願意，否則不必嫁任何人。」

莎拉一臉孩子氣地突然問：「可是你想要擺脫我，對不對？」

安妮罵道：「莎拉，你怎能說這種話？我當然不想擺脫你，你在想什麼！」

「對不起，媽媽，我不是故意的，只是現在都變了，不是嗎？我是說，以前我們在一起好快樂，但現在我似乎老是惹你生氣。」

「我有時比較神經質吧。」安妮冷冷地說，「不過你自己脾氣也不好，不是嗎，莎拉？」

「噢，都怪我自己不好。」莎拉考慮道，「我的朋友大半都結婚了，潘玟、貝蒂和蘇珊，瓊安還沒嫁，但她一心從政。」她頓了一下後又說，「嫁給勞倫斯會很有意思，能擁有華服、皮草和夢想的東西。」

安妮淡然表示：「我真的認為你最好嫁個有錢人，莎拉，你的品味太昂貴了，零用錢總不夠花。」

「我痛恨貧窮。」莎拉說。

安妮深深吸口氣，覺得說什麼話都顯得虛假。

「達令，我真的不知如何給你建議，我覺得這是你自己的事，我不該逼你結婚或建議你別嫁，你必須自己做決定，明白吧，莎拉？」

莎拉很快表示：「當然，達令——我是不是很討人厭？——我不想讓你擔心，也許你只需告訴我一件事，你覺得勞倫斯如何？」

「我對他其實沒有任何感覺。」

「有時候……我覺得有點怕他。」

「達令，」安妮好笑地說，「你會不會太傻氣了？」

「是啊，好像是……」

莎拉開始慢慢撕掉杰洛的信，先撕成長條，再慢慢撕成小碎片，然後扔到空中，看碎紙如雪片墜落。

「可憐的杰洛。」莎拉說。

接著她斜眼瞄了安妮一眼。

「你會在乎我發生什麼事嗎，媽媽？」

「莎拉！你真是的。」

「對不起，一直囉嗦個沒完，我只是覺得很惶恐，就像在暴風雪中走著，不知回家的路在哪兒……那種感覺好詭異，所有人事皆非……你變得不一樣了，媽媽。」

「別胡說了，孩子，我真的得走了。」

「你是該走了，這個派對重要嗎？」

「我很想看看凱蒂．埃利特新裝潢的壁飾。」

「原來如此，」莎拉頓了一下，接著說，「媽媽，你知道嗎？也許我比自己想像的還喜歡勞倫斯也說不定。」

「我並不訝異，」安妮漠然表示，「但你別心急。再見了，心肝寶貝，我得走了。」

前門在安妮背後闔上。

艾迪絲從廚房出來，拿著托盤進客廳收拾酒杯。

莎拉將唱片擺到留聲機上，聆賞保羅．羅賓森[15]憂傷地唱著〈Sometimes I feel like a motherless child〉[16]。

15 保羅．羅賓森（Paul Robeson, 1898-1976），美國靈歌歌手。
16 Sometimes I feel like a motherless child，或作 Motherless child，意為：「有時我覺得自己像沒有母親的孩子」。

艾迪絲說：「你喜歡的那些歌，我實在不敢恭維。」

「我覺得很動聽。」

「對你的品味不予置評。」艾迪絲生氣地看著她說，「為什麼菸灰都不彈到菸灰缸裡，要到處亂彈？」

「那對地毯很好。」

「人們總那麼說，但全是騙人的。還有，你為什麼把紙片撒滿地，垃圾桶不就在牆邊嗎？」

「對不起，艾迪絲，我沒多想，只想把過去撕碎，做個了斷。」

「你的過去！」艾迪絲哼了一聲。接著她溫柔地看著莎拉問：「怎麼了嗎？孩子？」

「沒事，我考慮該結婚了，艾迪絲。」

「不用急著嫁吧，等真命天子出現再說。」

「我覺得嫁誰都一樣，反正最後都會變調。」

「別亂說話，莎拉小姐！你究竟是怎麼啦？」

莎拉大剌剌地說：「我想離開這裡。」

「我倒想知道，家裡有什麼不好？」艾迪絲逼問。

「不知道，一切似乎都變了，它為什麼會變成這樣呢，艾迪絲？」

艾迪絲柔聲說：「因為你長大了，懂嗎？」

「是這樣嗎？」

「應該是。」

艾迪絲用托盤端著杯子走向門口，然後突然放下盤子走回來，拍拍莎拉的黑髮，一如多年前拍著小寶寶的她。

「乖，我的漂亮寶貝，乖哦。」

莎拉心情一變，跳起來抱住艾迪絲的腰，開始瘋狂地帶著她跳華爾滋。

「我要結婚了，艾迪絲，很有趣吧？我要嫁給史汀先生了，他很有錢，又魅力十足，我運氣是不是很棒？」

艾迪絲嘀咕著抽身說：「一下喊冷一下喊熱，你是怎麼了，莎拉小姐？」

「我有點瘋瘋癲癲的，你一定要來參加婚禮唷，艾迪絲，我會幫你買件漂亮的新禮服——深紅色天鵝絨的，如果你喜歡的話。」

「你把婚禮當加冕禮啊？」

莎拉將托盤塞到艾迪絲手上，將她推向門口。

「去吧，老太婆，別再念了。」

艾迪絲不解地搖頭走開。

莎拉慢慢踱回客廳，猛然跌坐在大椅上，痛哭起來。

唱片已近尾聲，低沉的男音悠悠唱著……

有時我覺得像個沒有母親的孩子……離家遠遙……

第三部

第一章

艾迪絲在廚房中僵硬地緩緩走動，最近她所謂的「風溼」愈來愈嚴重了，令她脾氣大壞，但艾迪絲依然固執地拒絕將家事交派出去。

有位被艾迪絲嗤之為「那個哈波太太」的女人，每週會過來一次，在艾迪絲嫉妒的眼神下打點部分家事，但提到要多請人，艾迪絲便極力反對，不許任何清潔婦來幫忙。

「我一向都做得來，不是嗎？」成了艾迪絲的口頭禪。

於是艾迪絲繼續以殉難的架勢，以及愈來愈臭的老臉繼續工作，還養成了整天低聲發牢騷的習慣。

她現在就正在發牢騷。

「中午送牛奶來——搞什麼鬼！牛奶應該在早餐前送到才對，年輕人真的有夠厚臉皮，穿著白外套還一邊吹口哨就來了……以為自己誰呀？看起來簡直就像乳臭未乾的牙醫……」

前門傳來鑰匙聲，艾迪絲停止叨念。

她對自己喃喃道：「又有得忙了！」說完快速在水龍頭下沖淨一隻碗。

安妮喊道：「艾迪絲。」

艾迪絲從水槽邊移開雙手，小心翼翼地用毛巾擦乾。

「艾迪絲……艾迪絲……」

「來了，夫人。」

「艾迪絲！」

艾迪絲揚起眉，垂下嘴角，走出廚房來到客廳邊的走廊，安妮．潘提斯正在翻看信件帳單，轉頭看著剛進來的艾迪絲。

「你打電話給蘿拉女爵了嗎？」

「有啊，當然打了。」

安妮說：「你有跟她說情況緊急——我必須見她嗎？她有說要來嗎？」

「她說馬上過來。」

「她為何還沒到？」安妮生氣地質問。

「我二十分鐘前才打的電話，你剛出門我就撥了。」

「感覺像一個小時了，她為何還不來？」

艾迪絲柔聲安撫。

「總要給點時間吧，發脾氣也無濟於事。」

「你有跟她說我生病了嗎？」

「我說你身體不適。」

安妮罵道：「什麼叫身體不適？我都快崩潰了。」

「沒錯，你是快崩潰了。」

安妮憤憤地瞪了老忠僕一眼，她焦躁地走到窗邊，然後又走回壁爐架旁。艾迪絲站在那兒看著，一對關節粗大、出奇操勞的大手，在圍裙上來回擦動。

「我一分鐘都靜不下來，」安妮抱怨，「昨晚我一夜沒闔眼，心情爛透……爛透了……」她坐在椅上，用兩手按住太陽穴。「我不知道自己是怎麼了。」

「我知道。」艾迪絲說，「你玩太凶了，不適合你的年紀。」

「艾迪絲！」安妮吼道，「你真的很離譜，最近愈來愈誇張了。你跟了我那麼久，我很感謝你，可是你若再這麼沒規矩，就得走路了。」

艾迪絲抬眼看著天花板，露出殉道的壯烈表情。

她說：「我才不走，就這麼簡單。」

「我若要你走，你就得走。」安妮說。

「你若那樣做，就太蠢了，我很快就能在別處找到工作。那些女傭仲介公司會追著我跑。沒有我你怎麼辦？只能找到日工而已！要不就是找個外傭，菜煮得油兮兮的，倒人胃口，更別說公寓裡的氣味了。

「還有，外傭也不會接電話，一定會每個名字都聽錯。或者你會找到一個體面又嘴甜的女人，好到不像真的，然後哪天你回到家，便發現她偷了你的皮草和珠寶跑了。前幾天才聽說對面的潘恩公寓發生這種事。行不通的，你是那種凡事都得按規矩——按舊規矩做的人。我幫你煮可口的菜，清掃時不像粗手粗腳的年輕女孩，會打破你那些精美的物件，更重要的是，我知道你要什麼。你沒有我不行，這點我很清楚，我絕不會走。你雖然難搞，但《聖經》說，每個人都有他要背負的十字架，你就是我的十字架，我可是很虔誠的基督徒喲。」

安妮閉上眼睛，前後擺動地呻吟道：「唉，我的頭……我的頭……」

艾迪絲的嚴酷稍緩，眼中露出慈色。

「好啦，我去幫你泡杯好茶。」

安妮鬧脾氣說：「我不要什麼好茶，我討厭茶。」

艾迪絲嘆口氣，再次抬眼看著天花板。

「隨你便。」說完艾迪絲就離開了。

安妮伸手拿起菸盒，抽出一根菸點上，抽了一會兒，在菸灰缸中捻熄，起身開始來回踱步。

大約過了一分鐘後，她走到電話旁撥號。

「哈囉……哈囉……請問蘭絲寇女士在嗎？……噢，是你呀，瑪西雅？」她開始裝腔作勢地笑問，「你好嗎？……噢，其實也沒什麼事，只是想打個電話給你……不知道呀，達令……就是心情不好……有時就是會這樣。你明天中午有事嗎？……噢，是這樣呀……星期四晚上呢？……有，我有空，太好了，我會去聯絡小李或別人，大家聚一聚，太好了……我星期四早上再打電話給你。」

她掛掉電話，剛才的興高采烈隨即消失了，安妮再次踱起步子。接著她聽到門鈴響，便定定站立著等待。

只聽見艾迪絲說道：「她在客廳等您。」

接著蘿拉．惠茲特堡走進來。她高大、冷峻、令人望而生畏，卻散發堅毅的沉穩，猶如屹立於波濤中的岩石。

安妮奔向她，大聲而歇斯底里地喊道：「噢，蘿拉——蘿拉——真高興你來了……」

蘿拉女爵挑著眉，眼神堅定而機警，她搭住安妮的肩，輕輕帶她坐到沙發上，自己在安妮身邊坐下。

「怎麼回事？」

安妮依然十分激動。

「噢，我真高興能見到你，我還以為自己快瘋了。」

「胡說。」蘿拉女爵直截了當地斥道，「遇到什麼問題了嗎？」

「沒什麼，真的沒事，我只是很緊張而已，所以才這麼害怕，我無法安安靜靜地坐著，真不知自己究竟怎麼了。」

「嗯……」蘿拉以專業的眼光打量她，「你的氣色不太好。」

安妮的模樣令她十分吃驚。她雖化了濃妝，臉色實則非常憔悴，較數月前蘿拉最後一次見到她時老了好幾歲。

安妮焦急地說：「我很好，只是……我也不知道是什麼原因，若不服藥，便無法入睡，而且脾氣非常煩躁。」

「看過醫生了嗎？」

「最近沒有，他們只會開溴化物給你，叫你別做太多事。」

「很好的建議。」

「是的，但奇怪的是，我以前不會神經質，蘿拉，你知道我不是，我的神經一向很大條。」

蘿拉．惠茲特堡沉默片刻，想起三年前的安妮．潘提斯，她的嫻靜端莊、生活步調，與溫婉柔和的脾氣。蘿拉為這位朋友深感痛心。

她說：「就算從來不是神經質的女人也一樣。斷了腿的人，以前也沒有那種經驗！」

「可是我幹嘛神經緊張？」

蘿拉慎選回答，淡淡地說：「你的醫生說得對，也許你的活動太多了。」

安妮當即駁道：「我無法整天坐在家裡悶著。」

「坐在家裡未必就會悶到。」蘿拉女爵說。

「不行。」安妮煩亂地絞著手，「我——我沒辦法坐著什麼都不做。」

「為什麼不行？」蘿拉像是在刺探。

「我不知道。」安妮的煩亂更甚。「我不能獨處，我沒辦法……」她絕望地看向蘿拉，「如果我說，我害怕獨處，你大概會認為我瘋了。」

「這是你至今所說過的最理智的話。」蘿拉女爵立即表示。

「理智？」安妮嚇了一跳。

「沒錯，因為那是事實。」

「事實？」安妮垂下眼簾，「我不懂你是什麼意思。」

「我的意思是，不認清事實，就什麼都做不了。」

「噢，可是你無法了解的，你從不害怕獨處，不是嗎？」

「是的。」

「那你就沒辦法懂了。」

「噢，我能懂的。」蘿拉輕聲說，「你為什麼找我，親愛的？」

「我得找個人說話……我必須……我覺得或許你能想點辦法？」

她殷切地看著坐在身邊的朋友。

蘿拉點點頭，嘆口氣。

「我懂了，你希望有魔法。」

「你不能為我變個魔法嗎，蘿拉？心理分析、催眠或之類的？」

「現代版的天靈靈地靈靈嗎？」蘿拉堅決地搖頭說，「我無法幫你從帽子裡變出兔子，你得自己去變。首先你得先釐清帽子裡有什麼東西。」

「什麼意思？」

蘿拉．惠茲特堡頓了一分鐘後才說：「你不快樂，安妮。」

那是聲明，不是問句。

安妮急不及待地連忙答道：「噢，不會啊，我很……至少我在某方面很快樂，日子過得很開心。」

「你不快樂。」蘿拉女爵直率地表示。

安妮聳聳肩。

「有誰是快樂的嗎？」她說。

「很多人都很快樂，感謝老天。」蘿拉女爵笑道，「你為什麼不快樂，安妮？」

「不知道。」

「只有事實能幫助你，安妮，其實你很清楚答案。」

安妮沉默一會兒，然後鼓起勇氣說：「我想——老實講——因為我年華漸逝，已屆中年，美貌不再了，對未來亦無奢望。」

「噢，親愛的，『對未來亦無奢望』？你有健康的體魄，清晰的頭腦……人生有許多事得過了中年才能真正享有。我以前跟你提過一次，那是由書籍、花卉、音樂、繪畫、人、陽光……由所有這些交織而成的生活。」

安妮靜默無語，然後毅然說道：「我覺得歸根結柢，全都與性有關，女人若不再吸引男人，其他一切又有何用。」

「對某些女人而言或許是，但對你不然，安妮。你看過《不朽的時刻》[17]或讀過相關資料吧？記得那幾句話嗎？『有什麼時刻，在覓得後，能讓人享有終生的快樂？』你曾經幾乎找到，不是嗎？」

安妮臉色一柔，突然顯得年輕許多。

她喃喃道：「是的，有段時間，我本可在理查身上找到，我本可幸福地與他攜手偕老。」

蘿拉深表同情地說：「我知道。」

接著安妮說：「如今，我甚至不後悔失去他！你知道嗎，我又見到他了——就在一年前——他對我變得毫不重要了。那真是可悲而荒謬，感覺蕩然無存，我們對彼此再無任何意義。他只是個庸俗的中年人——有點自大，非常無趣，整顆心掛在他那胸大無腦、俗氣無比的嫩妻身上；其實也滿好的，但真的很無趣。然而……然而，假若我們結了婚……在一起應該會很快樂，我知

17 不朽的時刻（*Immortal Hour*），由William Sharp及Rutland Boughton合創的英文歌劇。

道我們會很幸福。」

「是的。」蘿拉語重心長地說，「我想是的。」

「幸福近在咫尺……唾手可得。」安妮因自憐而聲音發顫，「但我卻必須全部放棄。」

「是嗎？」

安妮不理會她的問題。

「我全部放棄……就為了莎拉！」

「沒錯，」蘿拉女爵說，「而你就再也沒原諒過她了，是嗎？」

安妮嚇了一跳，回神說道：「你這話什麼意思？」

蘿拉．惠茲特堡很不客氣地哼了一聲。

「犧牲！去他的犧牲！安妮，你仔細想想，犧牲的意義是什麼？那不會只是一時的豪情、勇敢地奉獻自己而已。將胸口挺向尖刀並不難——因為在最壯烈的剎那，一切事情便結束了。但大部分的犧牲都有後續——得日復一日地承受——那就不容易了，需寬懷包容才行，安妮，你肚量太小……」

安妮憤怒地漲紅了臉。

「蘿拉！我為了莎拉放棄自己的一生，拋開了獲得幸福的機會，你竟然還數落我做得不夠、肚量太小！」

「我沒那麼說。」

「所以一切都是我的錯！」安妮仍憤恨難消。

蘿拉女爵誠懇地說：「人生大半的問題，都肇始於自識不清，高估了自己。」

安妮哪裡聽得進去，只是一股腦為自己辯解。

「莎拉跟所有現在的女孩一樣，一心只想到自己，從不顧慮別人！你知道一年前理查打電話來，她連理查是誰都不記得了嗎？他的名字對她毫無意義——一點意義都沒有。」

「我懂，」她說，「我了解……」

安妮繼續說道：「我能怎麼辦？他們兩人一見面就吵，我都快瘋了！我若嫁給他，絕不會有片刻安寧。」

蘿拉．惠茲特堡出其不意地刺道：「安妮，我若是你，我會先釐清自己是為莎拉放棄理查，還是為了求得自己的安寧。」

安妮憤恨地看著她。

「我愛理查，」她說，「但我更愛莎拉……」

「不對，安妮，事情沒那麼簡單。我相信有段時間你愛理查更勝莎拉，你的不快樂與抗拒就是從那一刻開始的。假如你因為比較愛莎拉才放棄理查，你今天就不會是這個樣子了。不過你若因為怯懦、因為莎拉欺負你、因為你想逃避爭執，而與理查分手，那就是鬥敗，而非放棄。人絕不喜歡承認自己敗戰，但你當時確實深愛著理查。」

安妮恨恨地說：「現在他對我一點意義都沒了！」

「那莎拉呢？」

「莎拉？」

「是的，莎拉對你的意義是什麼？」

安妮聳聳肩。

「她結婚後我就很少見到她了，她應該非常忙碌愉快吧。不過我真的很少見到她。」

「我昨晚見到她了……」蘿拉頓了一下後說，「她在餐廳裡，跟著一群人。」她再次停頓，然後突然說：「她那時喝醉了。」

「喝醉了？」安妮似乎很詫異，接著放聲大笑，「親愛的蘿拉，你也太古板了，現在的年輕人每個都很能喝，派對上若不人人喝個半醉，那就不叫派對了。」

蘿拉不為所動。

「或許沒錯──我承認我這個老古板不喜歡看見認識的年輕小姐在公開場合喝醉酒，但事情沒那麼單純，安妮，我跟莎拉說話時，她的瞳孔是放大的。」

「什麼意思？」

「她可能在嗑古柯鹼。」

「毒品？」

「沒錯。我跟你說過，我懷疑勞倫斯．史汀涉毒，他不是為了錢──純粹是追求刺激。」

「他看起來很正常呀。」

「毒品傷不了他的，我知道那種人，他們會探索各種刺激，但不至養成毒癮，女人就不同了，女人若是不快樂，便會嗑上癮──而且無法自拔。」

「不快樂？」安妮不可置信地問，「莎拉嗎？」

蘿拉．惠茲特堡緊盯著安妮冷冷地說：「你應該知道，你是她母親。」

「噢！莎拉根本不跟我說心裡話。」

「為什麼？」

安妮站起來走到窗邊，再緩緩踱回壁爐旁。蘿拉女爵定定坐著看她，安妮點了根菸，蘿拉低聲問：「莎拉不快樂，對你究竟有何意義，安妮？」

「這還用問？我當然很難過……非常難過。」

「是嗎？」蘿拉起身表示，「我得走了，十分鐘後有個會要開，還趕得上。」

她朝門口走去，安妮跟隨在後。

「你幹嘛反問我『是嗎』呢，蘿拉？」

「我的手套呢……我放到哪裡了？」

前門鈴聲響，艾迪絲從廚房出來應門。

安妮追問：「你是別有所指嗎？」

「啊，在這兒。」

「真的，蘿拉，我覺得你對我很壞——非常地壞！」

艾迪絲走進來，幾乎帶著笑意地宣布說：「夫人，久違不見的勞德先生來了。」

安妮瞪著杰洛．勞德半晌，彷彿認不出他。

她已三年多沒見到杰洛了，杰洛看起來老了不只三歲，渾身透著滄桑，臉上是一事無成的倦容。他穿了件粗糙的斜紋軟呢西服，一看就是二手貨，鞋子也破爛不堪。杰洛顯然混得很差，連笑容都相當勉強，整個人說不出的嚴肅緊張。

「杰洛，什麼風把你吹來了！」

「你還記得我真好，三年半很久哪。」

「我也記得你，年輕人，但我想你大概不記得我了。」蘿拉女爵說。

「噢，我當然記得，蘿拉女爵，沒有人會忘記您。」

「說得好，我真的得走了，再見，安妮。再見，勞德先生。」

蘿拉走出門，接著杰洛跟著安妮來到壁爐邊，杰洛坐下來，接過安妮遞上的菸。

安妮輕快地說：「杰洛，說說你的狀況吧，你都做了什麼，要在英國待很久嗎？」

「我不確定。」

他平直堅定地注視著她，令安妮有些不安，不知道他心裡在籌計什麼，這眼神與她記憶中的杰洛很不一樣。

「喝杯酒吧，你想喝什麼？琴酒加橙汁……或粉紅琴酒還是什麼？」

「不了，謝謝，我不想喝，我來……只是想跟你談一談。」

「你真客氣，見過莎拉了嗎？她結婚了，嫁給一個叫勞倫斯・史汀的男人。」

「我知道，她寫信告訴我了，我昨晚見過莎拉了，所以才會跑來找你。」他沉默一會兒後說：「潘提斯太太，你為什麼讓她嫁給那個男人？」

安妮吃了一驚。

「杰洛，親愛的……這什麼話！」

安妮的話並未讓他打退堂鼓，杰洛正色簡潔地說：「她並不快樂，你知道吧？她不快樂。」

「她跟你說的嗎？」

「沒有，當然沒有，莎拉不會做那種事。她無須告訴我，我一眼就看出來了。她跟一群人在一起……我僅跟她說上幾句話而已，但那非常明顯。潘提斯太太，你為什麼容許這種事發生？」

安妮不禁怒由心生。

「親愛的杰洛，你會不會太唐突了點？」

「不，我不這麼認為。」他想了一會兒，接著誠懇坦切地說：「莎拉對我來說向來非常重要、勝過世間一切，因此我當然會在意她是否幸福。你知道嗎，你真的不該讓她嫁給史汀。」

安妮憤慨地打斷他。

「杰洛，你講話怎麼像維多利亞時期的人？我沒有『讓』或『不讓』莎拉嫁給勞倫斯・史汀，女兒想選擇嫁誰就嫁誰，做父母的哪裡有置喙的餘地？莎拉選擇嫁給勞倫斯・史汀，就這樣而已。」

杰洛平靜篤定地說：「你應該阻止她的。」

「親愛的孩子，你若試圖阻止別人想做的事，只會讓他們變得更固執而已。」

他抬眼看著安妮的臉。

「你試過阻止她嗎？」

不知怎地，那詢問的真誠眼神，令安妮慌亂而支吾起來。

「我……我……當然啦，史汀的確比莎拉大很多……而且名聲也不太好，我是有跟她點出來，可是……」

「他是最垃圾的人渣。」

「你不可能完全了解他呀，杰洛，你離開英國那麼多年了。」

「那是眾所皆知的事，你一定不知道所有醜惡的細節……但說真的，潘提斯太太，你應該有覺察到他是畜生吧？」

「我一向覺得他很迷人可愛。」安妮辯道，「過去是浪子，日後未必不會是好丈夫，別人的小話不能盡信，莎拉很喜歡他……事實上，她一心想嫁他，他非常富有……」

杰洛打斷她。

「沒錯，他是非常富有，但潘提斯太太，你從來不是那種巴望女兒嫁入豪門的勢利女人，你會希望莎拉快樂……至少我以前這麼認為。」

他困惑而好奇地看著她。

「我當然希望自己的獨生女幸福，這還用說嗎？但問題是，你不能去干涉。」她強調說，「也許你認為某人的作為都是錯的，但你還是不能干預。」

她挑釁地看著他。

杰洛望著安妮，仍無法信服。

「莎拉真的那麼想嫁他嗎？」

「她很愛他。」安妮辯解道。

看到杰洛沒說話，她又接著說：「或許你不太看得出來，但勞倫斯對女人的魅力極大。」

「噢，我知道，我很了解。」

安妮打起精神。

「你知道嗎，杰洛，你實在很不講理，」她說道，「只因為你和莎拉有過一段青澀的戀情，你就跑來這裡指控我——好像莎拉嫁給別人全都是我的錯……」

杰洛打斷她。

「我認為那的確是你的錯。」

兩人互瞪，杰洛漲紅了臉，安妮則面色發白，氣氛僵到瀕臨爭吵。

安妮站起來冷冷地說：「太過分了。」

杰洛也站起來，他十分安靜客氣，但安妮知道他的守禮少言中蘊含著剛毅。

「對不起，恕我如此冒昧。」他說。

「簡直無可原諒！」

「或許吧，但請你諒解，我非常關心莎拉，她是我唯一關切的對象，我認為你將她推入一場不幸的婚姻裡。」

「夠了！」

「我要帶她走。」

「什麼？」

「我要去勸她離開那畜生。」

「簡直胡說八道，只因為你們年紀還小時有過一段情……」

「我了解莎拉——她也了解我。」

安妮爆出一陣狂笑。

「親愛的杰洛，你會發現，你以前所認識的莎拉，已經變很多了。」

杰洛臉色慘白。

「我知道她變了，」他低聲說，「我看到了……」

他遲疑了一會兒，然後沉靜地表示：「很抱歉令你覺得受了冒犯，潘提斯太太，但對我來說，莎拉才是最重要的。」

他離開了。

安妮走到吧檯旁，為自己倒了杯琴酒，邊喝邊喃喃說：「那小子憑什麼？竟敢……還有蘿拉，她也來跟我唱反調，他們全都跟我唱反調，這實在太不公平了……我究竟做了什麼？什麼也沒有嘛……」

第二章

龐斯福廣場十八號的管家應門時，踞傲地掃了杰洛身上的廉價西服一眼。接著他看到拜訪者的眼神，態度才略為收斂。

管家表示會去察看史汀太太是否在家。

不久，杰洛被帶入一個陰暗的大客廳，裡頭擺滿異國花卉與淡色的錦緞，幾分鐘後，莎拉笑臉迎人地來了。

「哎呀，杰洛！你能來看我真好，那晚我們沒什麼機會聊天。要喝東西嗎？」她幫他弄了杯酒，自己也倒一杯，然後坐到火爐邊的厚圓椅墊上。客廳光線昏暗，幾乎看不到她的臉。莎拉身上飄著昂貴的香水味，他不記得她以前用過。

「還好嗎，杰洛？」她開心地問道。

杰洛報以微笑。

「你呢，莎拉？」他用一根指頭觸著她的肩頭說，「你把動物園戴到身上啦？」

莎拉穿著鑲了軟毛邊的華貴薄綢。

「很舒服呢！」莎拉告訴他說。

「是的，你看起來非常雍容華貴！」

「噢，是啊。杰洛，說說你的事吧，你離開南非去肯亞後，我就沒聽到你任何音訊了。」

「我運氣一直很差……」

「當然……」

杰洛當即反問：「什麼叫『當然』？」

「你一向都很倒楣，不是嗎？」

那一瞬間，她又是以前那個言詞犀利、說話不饒人的莎拉了，原本表情生硬，充滿異國風情的陌生美女消失了，他的莎拉又回來伶牙俐齒地損他了。

他也故態復萌地嘟囔著。

「接二連三的倒楣事，先是收成沒了……不能怪我，接著牛隻生病……」

「我知道，很久很久以前的慘事。」

「後來我當然就沒錢了，如果我有資金的話……」

「我知道，我知道。」

「去他的，莎拉，真的不能全怪我。」

「從來也不是你的錯。你跑回英國做什麼？」

「老實說，我嬸嬸去世了……」

「蓮娜嬸嬸嗎？」莎拉熟識杰洛所有的親戚。

「是的，路克叔叔兩年前過世了，老頭子一毛錢也沒留給我……」

「路克叔叔真聰明。」

「但蓮娜嬸嬸……」

「蓮娜嬸嬸有留給你一些錢嗎？」

「是的，一萬英鎊。」

「嗯。」莎拉想了想，「不壞嘛——即使以現在來看也算滿多的。」

「我要跟一位在加拿大經營牧場的朋友合資。」

「什麼樣的朋友？重點就在這兒，你離開南非後，不是要跟另一位朋友合開車行嗎？」

「噢，車行後來收掉了。一開始我們做得很好，但擴充後生意便一落千丈……」

「你不必告訴我，這模式我太熟悉了！你的模式。」

「是的，」杰洛只能說，「你說的都對，我真的很沒用，我還是認為我運氣太背——但我自己也笨了點。不過這次不一樣了。」

莎拉挖苦道：「才怪。」

「別這樣，莎拉，你不認為我已學到教訓了嗎？」

「我不這麼想，」莎拉說，「人從來都學不會教訓，只是不斷重蹈覆轍。杰洛，你需要一位管理人——就像電影明星和演員的經紀人。需要一個務實、當你在時機不對卻過於樂觀時，點醒你的人。」

「你說的很有道理，可是莎拉，說真的，這次我一定能成功，我會非常非常小心。」

一陣沉默後，杰洛又開口了。

「昨天我跑去見你母親了。」

「是嗎？你真好。我媽還好吧？跟平常一樣到處忙嗎？」

杰洛緩緩說道：「你媽變了好多。」

「你這麼覺得？」

「是啊。」

「你覺得她哪裡變了？」

「不知從何說起，」他遲疑道，「她非常神經質。」

莎拉輕聲應道：「這年頭誰不緊張？」

「以前她不會那樣，她總是非常平靜而……而……嗯，溫柔……」

「聽起來像聖歌裡的歌詞！」

「你明知道我的意思……她真的變好多，她的髮型、衣著……所有一切。」

「她只是變得有點愛玩罷了，那也沒什麼不好。可憐的老媽一定很害怕自己變老，可是人早晚都會變的。」

莎拉停了一分鐘，然後有些挑釁地說，「我想我也變了……」

「並沒有。」

莎拉臉一紅，杰洛故意逗她。

「除了你身上多了些動物園，」他又觸著淡白色的昂貴皮草，「還有這些花裡胡哨的東西，」他摸著她肩上的鑽飾，「以及這間豪宅……基本上你還是以前的莎拉……」他頓一下後說：「我的莎拉。」

莎拉不安地挪動身子，用輕快的聲音說：「你也還是老樣子。什麼時候去加拿大？」

「快了，等律師那邊的事辦完就走。」

他起身說：「我得走了，哪天跟我一起出門吧，莎拉？」

「不行，你過來跟我們一起在家裡吃飯，或者我們辦場派對，你一定得見見勞倫斯。」

「我那晚才見過他，不是嗎？」

「只見到一下子而已。」

「我恐怕沒空參加派對了。哪天早上陪我散個步吧，莎拉。」

「達令，我早上真的起不來，精神特差。」

「早晨思路清晰，最適合思考了。」

「這年頭誰還思考？」

「我想我們會的。來嘛，莎拉，在攝政公園繞兩圈就好，明早我在漢諾威門跟你碰面。」

「你這是什麼鬼點子，杰洛！還有，你的西裝醜爆了。」

「很實穿。」

「是啦，可是這剪裁實在是……」

「要你管。明天上午十二點，漢諾威門。還有今晚別喝太多，免得明早宿醉。」

「你的意思是說我昨晚喝太多嗎？」

「你的確是啊，沒有嗎？」

「派對爛透了，不喝酒要幹嘛？」

杰洛重申道：「明天，漢諾威門，十二點。」

❖

「我來了。」莎拉挑戰地說。

杰洛上下打量她，莎拉美豔無方——比少女時期漂亮多了。他發現莎拉穿著素雅的高級服裝，指上戴了一大顆圓形的祖母綠。杰洛心想：「我真的瘋了。」但他並未因此退卻。

「走吧，」他說，「散步去。」

他配合著她的步調，兩人精神奕奕地繞湖而行，然後穿越玫瑰園，最後終於止步，坐到公園的雙人椅上，此處甚為寒涼，因此遊人稀疏。

杰洛深吸口氣。

「好了，」他說，「咱們來談正事吧，莎拉，你願不願意跟我去加拿大？」

莎拉不可置信地瞪著他。

「你是什麼意思？」

「就是我剛才說的意思。」

「你是說……去旅遊嗎？」莎拉不解地問。

杰洛咧嘴一笑。

「我是指搬去定居，扔下你丈夫跟我走。」

莎拉狂笑。

「杰洛，你瘋了嗎？我們幾乎有四年沒見了，結果……」

「那重要嗎？」

「不重要，」莎拉被問得措手不及，「我想那並不重要。」

「四年、五年、十年、二十年，我想都不會有差別，你和我彼此相屬，我一向知道，我還感覺得到，你也感受得到嗎？」

「是的，可以這麼說。」莎拉坦承，「但你剛才的提議還是太離譜了。」

「我不覺得哪裡離譜，假若你嫁給正人君子，且幸福美滿，我根本不敢有非分之想。」他沉聲說，「但是你並不快樂，是嗎，莎拉？」

「我跟大部分人一樣快樂。」莎拉倔強地說。

「我覺得你非常不快樂。」

「就算是，也是我自己造成的，人做錯事，就得自己承擔。」

「勞倫斯．史汀就不會承擔自己的錯，不是嗎？」

「你這話太刻薄了！」

「並不會，那是事實。」

「反正你的建議實在太、太瘋狂了，杰洛。」

「因為我不是待在你身邊糾纏，慢慢引你上鉤嗎？沒必要那麼做，我說過，你和我彼此相屬，你很清楚這點，莎拉。」

莎拉嘆著氣。

「我承認我曾經非常喜歡你。」

「不僅喜歡而已吧，我的女孩。」

她轉頭看他，卸去原有的偽裝。

「是嗎？你確定？」

「非常確定。」

兩人相對無語，接著杰洛柔聲問：「你願意跟我去嗎，莎拉？」

莎拉嘆口氣，坐直將身上的皮草裹得更緊，樹林裡揚起一陣寒風。

「對不起，杰洛，答案是不行。」

「為什麼？」

「我辦不到——就這樣。」

「每天都有人離開她們的丈夫。」

「我不是這種人。」

「你的意思是，你愛勞倫斯．史汀？」

莎拉搖搖頭。

「不，我不愛他，我從沒愛過他，但他能引起我的好奇心。他……他很懂女人。」莎拉厭惡地打了個寒顫，「很少有人能真的那麼……那麼壞，但若真的有，勞倫斯便是了，因為他做的事都很冷血——而且他並不是被逼著去做的，他就是愛拿人跟事做實驗。」

「你有什麼離不開他的顧忌嗎？」

莎拉沉默了一會兒，然後沉聲說：「不算是顧忌。」

她索性豁出去，「噢，我幹嘛老是找藉口，真噁心！好吧，杰洛，你最好看清我的真面目。我跟了勞倫斯後，已習慣於……某些東西，我並不想放棄這些衣服、皮草、金錢、高級餐廳、派對、女僕、車子、遊艇等逸樂奢華的事物。我奢華慣了，你想要我陪你到偏僻遙遠的農場過清貧的日子，我辦不到……也不想。我變得軟弱了！被金錢與奢靡腐蝕了。」
杰洛不動聲色地說：「那麼你的確該遠離這一切了。」
「噢，杰洛！」莎拉不知該笑還是該哭，「你也太理直氣壯了吧。」
「我有理直氣壯的道理。」
「是的，但你根本一點都不了解。」
「是嗎？」
「不僅是只有錢的問題……還有別的事。噢，你還不懂嗎？我已變成可怕墮落的人了，我們參加的派對……去過的地方……」
她頓了一下，臉漸漸漲紅。
「好吧，」杰洛冷靜地說，「你很墮落頹廢，還有別的嗎？」
「有的，我習慣了……一些東西……一些我不能沒有的東西。」
「東西？」他托起莎拉的下巴，將她轉向自己，「我聽說過一些傳言，你是指……毒品？」
莎拉點點頭。
「毒品會讓人陷於狂喜。」
「聽我說，」杰洛激動、堅決地說，「你非跟我走不可，而且得戒掉這所有的鬼東西。」
「萬一我辦不到呢？」
「我會盯著你辦到。」杰洛嚴肅地說。
莎拉雙肩一頹，嘆口氣倚向杰洛，但杰洛抽身避開。
「不行，」他說，「我不會吻你的。」

「我懂了，我得做決定——破斧沉舟是吧？」

「是的。」

「你真是個怪人！」

兩人默默坐了一會兒，然後杰洛鼓足勇氣說：「我很清楚自己什麼都不是，我一事無成，你對我沒什麼信心，但我相信，我真的相信，假若有你在身邊，我就能表現得更好。你這麼精明幹練，莎拉，又知道如何在一個人變得懶散時鞭策他前進。」

「聽起來我還算不錯嘛！」莎拉說。

杰洛頑固地堅持說：「我知道自己可以有番作為，雖然你會過得很辛苦，環境艱苦又操勞——是的，會很艱辛。我不知道自己怎會有臉勸你同行，但我們的生活會非常實在，莎拉……能腳踏實地的生活……」

「腳踏實地的生活……」莎拉對自己重複這幾個字。

她起身準備離去，杰洛跟到她身邊。

「你會來吧，莎拉？」

「不知道。」

「莎拉……達令……」

「不，杰洛……別再說了，該說的你都已經說了，現在就看我了，我得好好想一想，我會讓你知道……」

「什麼時候？」

「不會太久的……」

第三章

「哇，太驚喜了！」
艾迪絲幫莎拉打開公寓門，用臉上的皺紋擠出一朵笑。
「哈囉，艾迪絲，親愛的。媽媽在嗎？」
「應該就快回來了，真高興你來了，能讓她心情好些。」
「有那個必要嗎？她不是一向心情都很好？」
「你媽很不對勁，害我擔心死了。」艾迪絲跟著莎拉走進客廳，「她連兩分鐘都靜不下來，念她一句就被罵翻了。我看她八成病了。」
「噢，別發牢騷了，艾迪絲，在你看來，每個人都離死期不遠。」
「我就不會那麼說你，莎拉小姐，你看起來美極了，哎唷！毛皮大衣怎麼又亂丟地上了，這衣服很美哪，一定很貴吧。」
「的確很貴。」

「比任何太太穿的都美，你真的有很多漂亮東西，莎拉小姐。」

「是呀，你若要出賣靈魂，要價總得喊高一點吧。」

「怎麼那樣說話，」艾迪絲不認同地說，「莎拉小姐，你最糟的一點，就是情緒時陰時晴。我還記得很清楚，就像昨天發生的一樣，你就在這個客廳裡跟我說想嫁給史汀先生，然後帶著我瘋狂地亂舞，嚷著：『我要結婚了……我要結婚了。』」

莎拉當即表示：「別說了！別再說了，艾迪絲，我受不了。」

艾迪絲臉色立即一凜，不再多言。

「好了好了，親愛的，」她安慰道，「大家都說，前兩年是最糟的，若能熬過去，就天下太平了。」

「這種婚姻觀並不怎麼正面。」

艾迪絲責備道：「婚姻本來就不好玩，但這世界沒有婚姻也不成，請恕我直言，你該不會有第三者吧？」

「沒有，才沒有，艾迪絲。」

「對不起，我相信一定沒有，不過你似乎有點煩躁，所以我才亂猜。有時結了婚的少婦會有很奇怪的行為，我姊姊懷孕時，有天到雜貨店，突然覺得非吃到箱子裡的甜美大梨不可，便一把抓起梨啃咬起來。『喂，你在做什麼？』年輕店員問，但有家室的雜貨店老闆比較能諒解，便說：『沒關係，孩子，我來處理這位太太的事。』結果老闆也沒罵她。那老闆實在很有同理心，他自己有十三個孩子哩。」

「生十三個孩子？太不幸了。」莎拉說，「你們家人感情真好，艾迪絲，我從小就一直聽到他們的事。」

「哦，是的，我跟你說過很多他們的事，你小時候好嚴肅，什麼事都要管。我想起一件事來，你那位年輕朋友勞德先生，前幾天跑到這兒來，你有見到他嗎？」

「有，見過了。」

「看起來老好多——但皮膚曬得很漂亮，在國外才曬得出來。他混得還好嗎？」

「不太好。」

「啊，太可惜了，他企圖心不夠——問題就出在那兒。」

「我想是吧。你想媽媽會很快回來嗎？」

「噢，是的，莎拉小姐，她要出去吃晚飯，所以得先回來換裝。我覺得她晚上應該少出門，多安靜地待在家裡，她實在太忙了。」

「我看她很喜歡。」

「忙得跟無頭蒼蠅一樣，」艾迪絲輕哼一聲，「根本不適合她，她是個嫻靜的女人。」

莎拉火速轉頭，彷彿艾迪絲的話令她想起什麼，她沉思地重述。

「嫻靜的女人。是的，媽媽以前很安靜，杰洛也這麼說。沒想到她過去三年完全變了個人，你覺得她改變很多嗎，艾迪絲？」

「有時我覺得她根本不是同一個人。」

「她以前很不同……以前很不……」莎拉頓住，沉心思索，接著又說：「艾迪絲，你覺得做母親的一定會愛孩子嗎？」

「當然啦，莎拉小姐，母親若不愛孩子，就太不自然了。」

「但是等孩子長大到外面闖盪，還繼續關愛孩子，這樣算自然嗎？動物就不會。」

艾迪絲反感地駁道：「跟動物比！我們是基督徒啊，莎拉小姐，別再胡說了。記得人家說：兒子只在娶妻前是兒子，但女兒一輩子都是女兒。」

莎拉哈哈大笑。

「我就認識一堆恨女兒如毒蠍的母親，以及對母親而言毫無用處的女兒。」

「莎拉小姐，我只能說，我覺得那樣很不好。」

「可是那樣卻更健康，艾迪絲……至少心理學家是這麼說的。」

「他們真是壞心眼。」

莎拉若有所思地說：「我一向好愛母親——愛她這個人——而不是母親的角色。」

「你媽媽也很愛你，莎拉小姐。」

莎拉靜默未答，一會兒後躊躇地說：「是嗎……」

艾迪絲抽抽鼻子。

「你若知道你十四歲得肺炎時，她焦急的模樣……」

「噢，是的，那是當時，但現在……」

兩人都聽到鎖匙聲，艾迪絲說道：「她回來了。」

安妮氣喘吁吁地走進來，摘掉插著五色羽毛的漂亮小帽。

「莎拉？你來啦？天啊，這個帽子戴得我痛死了。現在幾點了？我真的遲了，我八點跟萊茲博利在加里亞諾有約，陪我到我房間裡，我得換衣服。」

莎拉順從地跟著安妮穿過走廊，進入臥室。

「勞倫斯還好嗎？」安妮問。

「好得很。」

「很好，我好久沒見到他了——還有你。我們哪天該聚一聚，加冕戲院新上演的滑稽劇好像挺不錯的……」

「媽，我想跟你談一談。」

「什麼事，達令？」

「你能不能別再化妝，好好聽我說話？」

安妮面露詫異。

「天啊，莎拉，你是哪根筋不對勁了？」

「我想跟你談談，這事很嚴肅，是……杰洛的事。」

「噢。」安妮雙手一垂，凝思道，「杰洛啊？」

莎拉直截了當地說：「他希望我離開勞倫斯，跟他去加拿大。」

安妮重重吸了幾口氣，然後不當回事地說：「荒唐！可憐的老杰洛，真是笨到無可形容。」

莎拉駁道：「杰洛人很好。」

安妮說：「我知道你對他難以忘情，達令，但說真的，你現在見到他，不覺得已經離他很遠了嗎？」

「你根本不肯幫忙，媽媽。」莎拉顫聲說，「我希望能……認真看待這件事。」

安妮啐道：「你不會想考慮這種荒唐事吧？」

「是的，我會。」

安妮憤然道：「那你就太傻了，莎拉。」

莎拉執拗地說：「我一向愛杰洛，他也愛我。」

安妮放聲高笑。

「唉，我親愛的孩子呀！」

「我千不該萬不該嫁給勞倫斯，那是我此生最大的錯。」

「你會安定下來的。」安妮不在意地說。

莎拉站起來煩躁地踱步。

「我不會，不會的，我的生活像地獄——人間煉獄。」

「別誇大其詞，莎拉。」安妮酸溜溜地說。

「他是禽獸——一個畜生不如的禽獸。」

「他那麼愛你呀，莎拉。」安妮罵道。

「我為何嫁給他？為什麼？我從來不想嫁他的。」她突然轉身對安妮說，「若不是你，我根本不會嫁他。」

「我？」安妮氣憤地紅了臉，「這事跟我一點關係也沒有！」

「就有——你就有！」

「當時我跟你說，你得自己做決定。」

「你勸我說，嫁他也沒關係。」

「亂講！我跟你說，他名聲不好，你是在冒險……」

「我知道，但問題是你說話的方式，說得好像根本無所謂。噢，這整樁事！我不在乎你的措詞，你嘴上說得好聽，實際上卻希望我嫁他，你就是那麼想，媽，我知道你的意圖！為什麼？因為你想擺脫我嗎？」

安妮怒不可抑地面向女兒。

「莎拉，你的指控太過分了。」

莎拉逼向母親，蒼白的臉上，一對深色的大眼盯住安妮的面容，彷彿想在其中尋找真相。

「我說的是事實，你希望我嫁給勞倫斯。現在一切都走樣了，我過得生不如死，你卻毫不在乎，有時……我甚至覺得你很幸災樂禍……」

「莎拉！」

「是的，你很幸災樂禍。」她的眼神仍在搜尋，看得安妮極為心虛。「你的確很樂……你希望我不快樂……」

安妮突然別開臉，她在發抖。安妮走向門口，莎拉跟了過去。

「為什麼？為什麼，媽？」

安妮咬牙勉強擠出：「你不知道自己在說什麼。」

莎拉堅持道：「我想知道為什麼你要我不快樂。」

「我從不希望你不快樂！別鬧了！」

「媽媽……」莎拉像孩子似的怯怯碰觸母親的臂膀，「媽……我是你女兒呀……你應該愛我才是。」

「我當然愛你了！要不然呢？」

「不，」莎拉說，「有好一陣子了，我不認為你愛我，甚至喜歡我……你會立即從我身邊離開……到我找不到你的地方……」

安妮力持鎮定，用理所當然的語氣說：「無論你有多愛自己的孩子，孩子總有一天得學習獨立，做母親的不能占據孩子不放。」

「當然不行，但我認為子女遇到問題時，應能找自己的母親商量。」

「你到底要我怎麼樣，莎拉？」

「我要你告訴我，我該跟杰洛走，還是留在勞倫斯身邊。」

「當然是留在你丈夫身邊了。」

「你聽起來很篤定。」

「親愛的孩子，你能期望我這種年代的女人有別的答案嗎？我從小就被教導要遵循一定的行為準則。」

「留在丈夫身邊才符合道德，與情人私奔則離經叛道！是嗎？」

「沒錯。當然了，你那些新潮的朋友看法可能與我分歧，但這是你自己要問我意見的。」

莎拉嘆氣搖頭。

「事情根本不像你說的那麼簡單，全都糾結在一起了，事實上，想跟勞倫斯在一起的，是最不堪的那個我──那個嫌貧忌苦、好逸惡勞、耽溺聲色的我……而另一個我，那個願意隨杰洛同行的我，不是只懂得享樂──那個我相信杰洛，也願意協助他。媽媽，我擁有杰洛欠缺的特質，當他偷懶自憐時，需要我在後面踢他一腳！杰洛可以很有出息，他有那種潛質，他只是需要有人嘲弄、鞭策……噢，他……他只是需要我……」

莎拉停下來，懇求地看著安妮。安妮面色冷硬如石。

「我假裝驚喜也沒用，莎拉。是你自己要嫁勞倫斯的，不管你怎麼裝，你都該留在他身邊。」

「也許吧……」

安妮乘勝追擊。

「你知道嗎，達令，」她柔聲說，「我覺得你過不了苦日子，說是一回事，但你一定會痛恨那種生活，尤其……」安妮覺得這話應能奏效，「尤其若覺得自己沒幫到杰洛，反而拖累了他的時候。」

安妮一說完，便知道自己錯了。

莎拉面色一凜，走到化妝台點根菸，輕聲說：「你就是故意要和我唱反調是吧，媽媽？」

「這話什麼意思？」

安妮聽得一頭霧水。

莎拉走回來站到母親正前方，僵冷的面容上充滿困惑。

「你不希望我跟杰洛走的理由究竟是什麼，媽？」

「我跟你說過了……」

「真正的理由……」她厭惡地盯緊安妮的雙眼說，「是你在害怕，對不對？怕我跟杰洛在一起可能會幸福。」

「我是怕你可能會非常不幸福！」

「不，你不是。」莎拉咬牙說，「你才不在乎我快不快樂，你不要我快樂，你不喜歡我，不僅是這樣，你為了某種原因而恨我……沒錯，是不是？你恨我，恨我至死！」

「莎拉，你瘋了嗎？」

「不，我沒瘋，我終於看清事實了，你恨了我好久——好幾年了，為什麼？」

「那不是事實……」

「是真的，可是為什麼？並不是因為你嫉妒我年輕，有些母親會因此嫉妒女兒，但你沒有，你總是對我很好……你為什麼要恨我，媽？我非知道不可！」

「我並不恨你！」

莎拉喊道：「噢，別再撒謊了！有話就攤開說吧，我究竟做了什麼大逆不道的事，讓你那麼恨我？我一向愛你，一向待你很好，還幫你張羅事情。」

安妮轉頭看著她，聲音中滿是痛苦。

「你說得……」她嚴正地說，「好像全都是你一個人在犧牲！」

莎拉茫然地瞪著她。

「犧牲？什麼犧牲？」

安妮顫聲絞緊雙手。

「我為了你放棄自己的人生——放棄一切我在乎的事——而你竟然根本不記得了！」

莎拉仍然不解地說：「我根本聽不懂你在說什麼。」

「不，你不懂，你連理查．克勞菲的名字都不記得了，你說：『理查．克勞菲？他是誰？』」

莎拉漸漸明白過來，心中一陣驚惶。

「理查．克勞菲？」

「是的，理查．克勞菲。」安妮開始公然指責莎拉，「你討厭他，但我愛他！我非常愛他，想嫁給他，卻因為你的緣故，被迫放棄他。」

「媽……」

莎拉十分錯愕。

安妮憤恨地說：「我有追求幸福的權利。」

「我當時並不知道……你那麼在意。」莎拉結巴地回應。

「你是不想知道！你故意視而不見，不擇一切手段阻止我們的婚姻，那是真的，不是嗎？」

「是的，沒錯……」莎拉憶及過去，想到自己幼稚的尖利言行，不免有些厭惡，「我……我並不知道他讓你那麼快樂……」

「你有什麼權利決定別人的想法？」安妮怒不可抑地問。

杰洛曾對她說過同樣的話，他很擔心她的做法，但她卻沾沾自喜，為自己戰勝討厭的「花椰菜」而得意不已。何其幼稚的嫉妒啊——如今她明白了！她母親為此飽受折磨，一點一滴轉變成眼前這位痛苦而神經質的女人。莎拉面對母親的指責，無可回嘴。

她只能怯怯地喃喃說：「當時我並不知道……噢，媽媽，我不知道……」

安妮的心思再次飛回過去。

「我們本可以幸福地相守，」她說，「理查是個寂寞的人，妻子死於生產，他深受打擊、哀慟不已。我知道理查有缺點，他有些自大、喜歡說教——年輕人並不喜歡——但他其實是個仁厚單純的人。我們本來可以幸福地白頭偕老，結果我卻傷他極重——我將他趕跑了，趕到南岸的一間旅舍裡，害他遇見那個根本不愛他的蠢妖婦。」

莎拉慢慢挪開，安妮說的每個字都刺痛了她，然而她依然鼓起勇氣為自己辯解。

「假如你那麼想嫁他，就應該義無反顧地跟他結婚。」

安妮立即轉頭罵道：「難道你不記得最後那幾次吵架了嗎？你們兩個就像貓跟狗一樣水火不容，你故意刺激他，那是你的計謀之一。」

（沒錯，那的確是她的計謀之一……）

「我無法忍受你們日復一日地爭吵，最後面臨抉擇、必須做選擇，理查是這麼說的——選擇他或選擇你。你是我女兒，我的親骨肉，所以我選了你。」

莎拉恍然大悟地說：「而從此之後，你就一直恨我了……」

莎拉此時已洞徹母女間相處的實情。

她收拾自己的毛皮大衣，轉身走向門口。

她說道：「現在我們知道問題在哪兒了。」

她的聲音冷硬而清晰，她思索安妮被毀的人生，也轉而思索自己不堪的生活。

莎拉在門口回頭對著一臉憔悴、不再辯解的母親說：「媽，你恨我毀掉你的人生，而我也恨你毀了我的！」

安妮嗆道：「我跟你的人生無關，是你自己做的選擇。」

「噢，不，我沒有。媽媽，你不必再偽善了。我當初找你，是希望你能勸我別嫁給勞倫斯，你明知我被他吸引，但我想擺脫對他的迷戀。你的手法高明極了，做得神不知鬼不覺，你很清楚該怎麼做、怎麼說。」

「胡扯，我為什麼要希望你嫁給勞倫斯？」

「我想是……因為你知道我不會快樂。你不快樂，所以希望我也不幸福。別裝傻了，媽媽，你就一吐為快吧，難道你都不曉得我的婚姻不快樂嗎？」

安妮突然一股氣上來。

「是的，我知道，有時候我覺得是你活該！」

母女倆怒目相視。

接著莎拉爆出一串刺耳難聽的尖笑。

「我們終於搞清真相了！再見了，親愛的媽媽……」

她走出房門沿長廊而去，安妮聽到公寓大門重重關上。

留下她孤單一人。

安妮渾身發顫地臥倒床邊，淚水充盈眼眶，潸然沿頰而落。

不久她開始狂哭，她已好些年不曾這樣了。

她哭了又哭……

不知過了多久，哭聲終於漸歇下來，艾迪絲端著托盤進來了，盤上瓷器叮叮碎響。艾迪絲將盤子放到床邊桌上，在她家夫人身邊坐下，輕拍她的肩膀。

「好了，好了，我的乖寶寶……我煮了杯好茶，無論如何，把它喝了吧。」

「噢，艾迪絲，艾迪絲……」安妮抱住她的老忠僕和朋友。

「好了好了，別那麼揪在心上，不會有事的。」

「我說的那些話……我說的那些話……」

「沒關係的，坐起來吧，我幫你倒茶，來，喝下去。」

安妮順從地坐起來啜飲熱茶。

「好了，待會兒就會覺得好些了。」

「莎拉她……我怎麼能……」

「你別再擔心了……」

「我怎能對她說那些話？」

「我覺得寧可說出來，也別壓在心裡。」艾迪絲說，「在心裡擱久了，早晚會悶出怨恨來——那是事實。」

「我好殘忍……好殘忍……」

「這麼久以來，你都把事擱在心底，問題就來啦。好好吵一架，把怨氣吐出來，就過去了，比自己裝作沒事好吧。人都有邪念，但不見得喜歡承認。」

「我真的一直在恨莎拉嗎？我的小莎拉——她以前那麼可愛、貼心，而我竟然會恨她？」

「你當然不恨她。」艾迪絲大聲說。

「但我有，我希望她吃苦、受傷——跟我一樣傷心。」

「別再胡思亂想了，你一向都很愛莎拉小姐的。」

安妮說：「這段時間……這段時間……我心中流竄著邪惡的暗流……恨……我好恨……」

「可惜你沒早點說出來，大吵一架反能化解怨恨。」

安妮虛弱地躺在枕上。

「可是現在我不恨她了，」她驚奇地說，「全都消失了——沒錯，恨意都不見了……」

艾迪絲起身拍拍安妮的肩頭。

「別擔心，孩子，一切都沒事了。」

安妮搖搖頭。

「不，不會再一樣了，我們兩人都說了一些彼此永不會忘記的重話。」

「別信那套。人家說，重話傷不了骨，那是真的。」

安妮表示：「有些事是絕對不可能忘得掉的。」

艾迪絲拿起托盤。

「『絕對』可是很重的一句話哪。」

第四章

莎拉抵家後，走到房子後邊，勞倫斯稱之為工作室的大房間。

房中的勞倫斯正在拆封最近買的雕像——一位法國年輕藝術家的作品。

「覺得如何，莎拉？很美吧？」

他以指輕柔地撫弄裸露、扭曲的雕像曲線。

莎拉打了一下寒顫，憶及某些畫面。

她蹙眉道：「是的，很美——但很淫穢！」

「噢，得了——沒想到你還有清教徒的餘緒，莎拉。」

「它的確很淫穢。」

「或許有點頹廢……卻極具巧思且充滿想像。當然啦，保羅有吸大麻——也許反映在這件作品上了。」

他放下雕像，轉頭面對莎拉。

「你看起來非常美麗——我迷人的妻子——而且你心情不好，憂傷的表情很適合你。」

莎拉說：「我剛才跟媽媽大吵一架。」

「是嗎？」勞倫斯頗感興趣地挑起眉，「怎麼會？我很難想像溫柔的安妮會跟人吵架。」

「她今天一點也不溫柔！但我也承認自己對她很凶。」

「家庭的爭吵最沒趣了，莎拉，咱們別談那些。」

「我沒打算談，媽媽和我已經撕破臉了——結果就是這樣。我想跟你談的是別的事，我想……我想要離開你了，勞倫斯。」

勞倫斯並無特殊反應，只是揚起眉喃喃說：「你應該知道，你這麼做很不智。」

「聽起來像是在威脅我。」

「噢，沒有——只是好心地警告你。你為何要離開我，莎拉？我的前妻離開過我，但她們的理由並不適用於你。例如，我並沒有傷透你的心，就我看，你根本不怎麼愛我，而且你還……」

「還未失去你的寵幸？」莎拉說。

「如果你要用那種東方式的說法也行，是的，莎拉，我覺得你很完美，就連你那清教徒的遺毒，也能使我們的——怎麼說呢——使我們的異教徒生活增添趣味。順便一提，我第一任老婆離開我的原因也不適用於你，分辨道德上的歧見從來不是你的強項。」

「我為何離開你重要嗎？別假裝你真的在乎！」

「我會非常在乎！因為你是我目前最寶貝的資產——比所有這些更可貴。」

他朝著工作室揮揮手。

「但你又不愛我。」

「我跟你說過，我對愛情不感興趣——無論是去愛或被愛。」

「老實說……還有另一個人。」莎拉坦承，「我打算跟他走。」

「啊！好拋下一切的罪惡嗎？」

「你的意思是……」

「我想事情不會如你所想的那麼單純，你學得很快，莎拉——你擁有旺盛的生命力——你能放棄這些刺激、歡愉、感官的冒險嗎？想想在馬里亞納[18]的那晚……記得夏卡特[19]和他的轉移理論嗎？……莎拉，這些事沒那麼容易丟在一旁。」

莎拉看著他，一時間面露懼色。

「我知道……我知道……但我可以全都放棄！」

「可以嗎？你已陷得很深了，莎拉……」

「但我應該戒掉……非戒不可……」

她轉身飛奔離開。

勞倫斯重重放下雕像，極度不悅。

他對莎拉尚未倦膩，也懷疑自己會有對她厭倦的一天——她個性辛辣頑強，又風情萬種，是蒐集者最罕有的珍藏。

18 馬里亞納（Mariana），位於西太平洋的群島。

19 夏卡特（Jean-Martin Charcot, 1825-1893），法國神經學者及病理學家。

第五章

「莎拉，是你。」蘿拉女爵訝異地從書桌上抬起頭。

莎拉氣喘不已，看起來非常激動。

蘿拉．惠茲特堡說：「好久沒見到你了，我的教女。」

「是啊，我知道……噢，蘿拉，我真是糟透了。」

「坐下。」蘿拉．惠茲特堡溫柔地帶她到沙發邊，「跟我說是怎麼回事。」

「我想或許你能幫我……如果……如果有人已經習慣服用某些東西，可以……有可能停止服用嗎？」

她又連忙接著說：「唉，天啊，我想你大概不懂我在說什麼。」

「我懂的，你是指毒品嗎？」

「是的。」蘿拉不驚不擾的回應，令莎拉心石頓釋。

「答案得視很多因素而定，戒毒不容易——從來都不輕鬆。女性戒癮比男性更困難，得視你嗑毒多久、依賴多深、身體健康狀況如何，以及勇氣、決心和意志力有多強，你的日常生活條件如何，對未來有何期望，如果是女性，身邊是否有人助你一起奮戰。」

莎拉面色一亮。

「很好，我想……我真的認為問題可以解決。」

「手上有太多時間對你並沒有好處。」蘿拉警告她說。

莎拉哈哈大笑。

「我不會有空閒的！我會每天工作得跟瘋子一樣。會有人……盯著我、叫我聽話，至於對未來的期望……我期望著所有一切——一切的一切！」

「那麼我想你是很有機會擺脫它的，莎拉。」蘿拉看著她，接著出其不意地又說：「你終於長大了。」

「是的，我已經拖很久了……我現在才了解，以前我罵杰洛懦弱，其實懦弱的人是我，總是想賴著別人。」

莎拉臉色抑鬱地又說：「蘿拉……我對媽媽好糟，我今天才知道，原來她真的很愛花椰菜，你曾警告我，犧牲會生怨，但我就是不肯聽，現在我懂了。我當時因擺脫可憐的理查而自得不已——如今我明白自己只是在嫉妒，既幼稚又可惡。我逼媽媽放棄理查，她自然會恨我，縱使她從來不提，一切卻都變樣了。今天我們兩個大吵一架，彼此怒罵，我對她說了最惡毒的話，把自己的遭遇全怪罪在她頭上，真的，我實在太對不起她了。」

「我明白了。」

「現在……」莎拉一臉悲悽，「我不知該怎麼辦了。如果我能設法彌補媽媽就好了——但只怕太遲了。」

蘿拉精神抖擻地站起來，教誨她說：「再也沒有比跟不認錯的人說實話更加浪費時間的事情了……」

第六章

艾迪絲像拿炸彈一樣地舉起話筒，深深吸口氣，撥了號碼，聽到電話彼端的鈴聲時，還不安地扭頭望著肩後。沒事，公寓裡只有她一個人在。電話裡傳出的專業人聲，害她嚇了一跳。

「惠茲特堡公館。」

「呃……請問是蘿拉．惠茲特堡女爵嗎？」

「是的。」

艾迪絲緊張地嚥了兩次口水。

「我是艾迪絲啦，夫人，潘提斯太太家的艾迪絲。」

「你好啊，艾迪絲。」

艾迪絲又吞了一次口水，含糊地說：「電話這東西真糟糕。」

「是的，我了解，你想跟我說什麼事嗎？」

「是潘提斯太太，夫人，我好擔心她，擔心死了。」

「可是你已擔心她很久了，不是嗎，艾迪絲？」

「這回不同，夫人，很不一樣，她不吃不喝，整天呆坐，啥事都不做，而且常哭，不再像前陣子那樣忙東忙西，而且她不再罵我了，變得跟以前一樣溫柔體貼，但心思卻非常恍惚——魂都不知跑哪兒去了。好可怕喲，夫人，真的好可怕。」

電話裡傳來冷漠而職業的回應：「有意思。」這根本不是艾迪絲想聽的話。

「看了心都會滴血，真的呀，夫人。」

「別說得這麼誇張，艾迪絲，心臟不會滴血，除非受到損傷。」

艾迪絲繼續往下講。

「是跟莎拉小姐有關的，夫人。她們母女倆撕破臉，算起來莎拉小姐已經有快要一個月不曾露面了。」

「是的，她離開倫敦……到鄉下去了。」

「我有寫信給她。」

「所有信件都不會轉交給她的。」

艾迪絲心情略好。

「啊，那麼，等她回倫敦……」

蘿拉女爵立即打斷她的話。

「艾迪絲，你最好有心理準備，別嚇壞了。莎拉小姐打算跟杰洛·勞德先生去加拿大。」

艾迪絲無法苟同地說：「那太不應該了，怎麼能拋棄自己的丈夫！」

「少道貌岸然了，艾迪絲，你有什麼資格評斷別人的作為？她在加拿大會過得很辛苦——完全摒棄她習以為常的奢華。」

艾迪絲嘆道：「那樣聽起來就沒那麼罪過了……夫人，請恕我這麼說，我一向害怕史汀先生，感覺他像是那種把靈魂賣給惡魔的人。」

蘿拉女爵淡淡說道：「雖然我的措詞會與你不同，但我還滿同意你的說法。」

「莎拉小姐會回來道別嗎？」

「大概不會。」

艾迪絲生氣地說：「她太鐵石心腸了吧。」

「你根本不了解。」

「我了解女兒對母親該有什麼態度，我絕不相信莎拉小姐會硬得下心腸！您能想點辦法嗎，夫人？」

「我從不干預別人的事。」

艾迪絲深深吸口氣。

「請原諒我——我知道您是位非常有名，且聰明絕頂的女士，而我只是個下人——但這回我覺得您非出面干預不可！」

說完艾迪絲板著臉掛斷電話。

❖

艾迪絲跟安妮講了兩遍，安妮才起身問道：「你剛才說什麼，艾迪絲？」

「我說，你的髮根看起來很奇怪，應該再去染一下。」

「我懶得管了，灰的看起來比較好。」

「我同意那樣會顯得更端莊，可是頭髮只染一半很奇怪。」

「無所謂。」

什麼都無所謂，在這日復一復的百無聊賴中，還有什麼可在乎的？安妮不斷地思忖：「莎拉永遠不會原諒我了，她說得對……」

電話響了，安妮起身走向電話，意興闌珊地說：「哈囉？」聽到另一頭傳來蘿拉女爵急切的聲音時，嚇了一跳。

「安妮嗎？」

「是的。」

「我不喜歡干涉別人的生活，但……我想有件事應該讓你知道，莎拉和杰洛・勞德要搭今晚八點的飛機去加拿大。」

「什麼？」安妮驚呼道，「我——我已經好幾個星期沒看到莎拉了。」

「是的，她一直在鄉下的療養院，她志願去那邊治療毒癮。」

「噢，天啊！她還好嗎？」

「她戒毒非常成功，吃了不少苦頭……是的，我很以這位教女為榮，她真的很有骨氣。」

「噢，蘿拉。」安妮連珠炮似的說，「記得你問過我是否了解安妮・潘提斯——我自己；我現在了解了，我用怨恨與忽略毀了莎拉的一生，她永遠不會原諒我了！」

「胡說，沒有人能真正毀掉另一個人的一生，別自怨自艾了。」

「那是事實，我終於了解自己是什麼樣的人、做了什麼樣的事了。」

「那很好！但你已了悟一段時間了，不是嗎？何妨向前看、往前走？」

「你不懂，蘿拉，我覺得良心不安，懊悔不已……」

「聽我說，安妮，有兩件事是我完全無能為力的——一種是當別人告訴我，他們用何其高貴堂皇的理由從事某種行為；另一種則是不斷怨責自己過錯的人。這兩種狀況或許都是事實——人也必須設法了解自己的行為動機，但明瞭之後，就得往前看了。你無法逆轉時間，也無法收回潑出去的水，生活得繼續下去。」

「蘿拉，你覺得我應該怎麼對莎拉？」

蘿拉．惠茲特堡輕哼一聲。

「我雖已出面干涉，但還不至於沒品到要給你建議。」

說完蘿拉堅定地掛掉電話。

安妮夢遊似的穿過房間，坐在沙發上對空凝望……

莎拉……杰洛……他們能合得來嗎？她的孩子，她心愛的女兒，能否終於覓得幸福？杰洛生性懦弱——他的屢戰屢敗會不會持續下去？他會不會令莎拉失望？莎拉會夢碎、會不快樂嗎？假如杰洛是另一種類型的男子就好了，但他卻是莎拉所愛的人。

時間緩緩流逝，安妮動也不動地坐著。

那些都跟她無關了，她再也無權過問。她和莎拉之間生出了一道無可跨越的鴻溝。

艾迪絲曾探頭察看女主人的狀況，之後又偷偷溜掉了。

不久門鈴響了，艾迪絲前去應門。

「毛布雷先生找你，夫人。」

「你說什麼？」

「毛布雷先生在樓下等你。」

安妮跳起來，眼神掃向時鐘。她到底在想什麼——竟然麻木不仁地愣在這兒？

莎拉今晚就要離開——奔向世界彼端了……

安妮抓過皮草披肩，衝出公寓。

「貝西爾！」她上氣不接下氣地說，「拜託你……開車載我到西斯洛機場，愈快愈好。」

「可是安妮，這究竟怎麼回事？」

「莎拉要去加拿大了，我還沒當面跟她道別。」

「可是達令，你不覺得太遲了嗎？」

「當然是遲了，我真蠢，希望不至於太遲。噢，快開車呀，貝西爾——快點！」

貝西爾．毛布雷嘆口氣發動引擎。

「我一向以為你是個很理智的女人，安妮。」他怨道，「幸好我沒當過父母，否則一定會做出怪事。」

「你一定得開快點，貝西爾。」

貝西爾嘆口氣。

穿越肯辛頓街區，鑽往巷弄間，避開交通打結的翰莫史密斯，行過車陣重重的雀西克區，最後終於來到大西路，沿高大的工廠和被霓虹燈照亮的大樓而行……然後開過一排排整潔的住家。母親和女兒、父親與兒子、丈夫與妻子，家家各有自己的問題、爭執與和解的方式，「就像我一樣。」安妮心想。她突然生出民胞物與之情，對全人類有了愛與了解……她並不寂寞，也永遠不會寂寞，因為世上的人都跟她一樣……

❖

西斯洛機場大廳中，成群的旅客或站或坐，等待登機廣播。

杰洛對莎拉說：「不後悔？」

她堅定果決地看他一眼。

莎拉瘦了，面容上有著忍苦受痛的刻痕，看來雖較蒼老，卻不損其美，且更臻成熟。

莎拉心想：「杰洛希望我去跟媽媽道別，但他不懂……如果我能彌補自己所做的事就好了，可是我辦不到……」

她無法將理查．克勞菲還給母親……

不，她對母親所做的事，是罪無可赦的。

她很高興與杰洛同行——一起邁向新生活，但心底卻在狂喊……

「我就要離開了，媽媽，我要離開了……」

如果……

廣播員沙啞的聲音令她嚇一跳。

「搭乘三四六班機，飛往格拉斯哥、甘德及蒙特利爾的旅客，請遵循綠燈的號誌前往海關及移民……」

旅客紛紛拿起手提行李往邊門走，莎拉跟著杰洛，稍微落在後頭。

「莎拉！」

安妮從外門朝女兒飛奔而來，皮草披肩在肩上翻飛。莎拉丟下小旅行袋，衝回去迎向母親。

「媽！」

母女相擁，又抽身相視。

安妮在路上反覆想著要說的、練熟的話這時卻全哽在唇邊。什麼話都沒必要再說了，莎拉也覺得無聲更勝有聲，這時要說「媽媽，請原諒我」，似乎已嫌多餘。

那一刻，莎拉顯露最後一絲對母親的孺慕之情，從今以後她就是個獨立自主、能當家作主的女人了。

莎拉本能地安慰母親說：「我會好好的，媽媽。」

杰洛滿面笑容地說：「我會照顧她的，潘提斯太太。」

空服員過來催促杰洛和莎拉上路了。

莎拉只傻傻地直問：「你會好好的吧，媽媽？」

安妮答道：「會的，達令，我會過得很好，再見了——上帝祝福你們倆。」

杰洛和莎拉穿門邁向他們的新生活，安妮回到車上，貝西爾正在車裡等她。

「這些可怕的機器，」聽到飛機在跑道上轟隆作響時，貝西爾怨道，「就像可怕的大昆蟲！我實在怕死了！」

他開車上路，朝倫敦駛去。

安妮說：「貝西爾，你若不介意，我今晚不跟你出去了，我想靜靜待在家裡。」

「沒問題的，達令，我送你回家。」

安妮向來覺得貝西爾「很有趣，但嘴很賤」，她忽然明白原來他心地挺好——是個相當寂寞的老好人。

「天啊，」安妮心想，「我真是搞得一團亂。」

貝西爾關切地又追問了一句：「可是安妮，達令，你要不要先去吃點東西？家裡沒有東西可以吃吧？」

安妮笑了笑，搖搖頭，眼前浮起一幅快樂的景象。

「別擔心，」她說，「艾迪絲會幫我張羅炒蛋，端到壁爐前——是的——還有一杯香濃的熱茶，天佑艾迪絲！」

艾迪絲為安妮開門時，用力看了女主人一眼，但嘴上只說：「你去乖乖坐到爐火邊。」

「我先把這身衣服脫掉，換上較舒適的衣服。」

「你最好穿你四年前給我的那件藍色法藍絨晨衣，比你那件透明的晨衣舒服多了，我還沒穿過，就收在我最底層的抽屜裡，本來想當壽衣穿的。」

安妮躺在客廳沙發上，舒服地穿著藍晨衣，定定望著爐火。

不久艾迪絲端著盤子進來，她將盤子放到女主人身邊的矮桌上。

「我待會兒幫你梳頭。」她說。

安妮對她微微一笑。

「今晚你把我當小女孩了，艾迪絲，為什麼？」

艾迪絲咕噥說：「在我眼裡，你一向就是小女孩。」

「艾迪絲，」安妮抬頭看著她，羞怯地說，「艾迪絲……我見到莎拉了，我跟她都……都沒事了。」

「本來就沒事嘛！一向都是這樣的！我不早告訴你了嗎！」

艾迪絲垂首望著女主人片刻，嚴酷的老臉變得溫柔而和藹。

然後她緩緩步離客廳。

「多麼美好安靜……」安妮心想，並憶起久遠以前的一句話：

神所賜的平安，非人所能理解……

特別收錄

瑪麗・魏斯麥珂特的祕密

露莎琳・希克斯（Rosalind Hicks, 1919-2004）

早在一九三〇年，家母便以「瑪麗・魏斯麥珂特」（Mary Westmacott）之名發表了第一本小說，這六部作品（編註：中文版合稱為【心之罪】系列），與「謀殺天后」阿嘉莎・克莉絲蒂的風格截然不同。

「瑪麗・魏斯麥珂特」是個別出心裁的筆名，「瑪麗」是阿嘉莎的第二個名字，魏斯麥珂特則是某位遠親的名字。母親成功隱匿「瑪麗・魏斯麥珂特」的真實身分達十五年，小說口碑不錯，令她頗為開心。

《撒旦的情歌》於一九三〇年出版，是【心之罪】系列原著小說中最早出版的，寫的是男主角弗農・戴爾的童年、家庭、兩名所愛的女子和他對音樂的執著。家母對音樂頗多涉獵，年輕時在巴黎曾受過歌唱及鋼琴演奏訓練。

她對現代音樂極感興趣，想表達歌者及作曲家的感受與志向，其中有許多取自她童年及一戰的親身經歷。

Collins 出版公司對當時已在偵探小說界闖出名號的母親改變寫作一事，反應十分淡漠。其實他們大可不用擔心，因為母親在一九三〇年同時出版了《謎樣的鬼豔先生》及瑪波探案系列首部作品《牧師公館謀殺案》。接下來十年，又陸續出版了十六部神探白羅的長篇小說，包括《東方快車謀殺案》、《ＡＢＣ謀殺案》、《尼羅河謀殺案》和《死亡約會》。

第二本以「瑪麗．魏斯麥珂特」筆名發表的作品《未完成的肖像》於一九三四年出版，內容亦取自許多親身經歷及童年記憶。一九四四年，母親出版了《幸福假面》，她在自傳中提到：

「……我寫了一本令自己完全滿意的書，那是一本新的瑪麗．魏斯麥珂特作品，一本我一直想寫、在腦中構思清楚的作品。一個女子對自己的形象與認知有確切想法，可惜她的認知完全錯位。讀者讀到她的行為、感受和想法，她在書中不斷面對自己，卻自識不明，徒增不安。當她生平首次獨處——徹底獨處——約四、五天時，才終於看清了自己。

「這本書我寫了整整三天……一氣呵成……我從未如此拚命過……我一個字都不想改，雖然我並不清楚書到底如何，但它卻字字誠懇，無一虛言，這是身為作者的至樂。」

我認為《幸福假面》融合了偵探小說家阿嘉莎・克莉絲蒂的各項天賦，其結構完善，令人愛不釋卷。讀者從獨處沙漠的女子心中，清晰地看到她所有家人，不啻一大成就。

家母於一九四八年出版了《玫瑰與紫杉》，是她跟我都極其喜愛、一部優美而令人回味再三的作品。奇怪的是，Collins 出版公司並不喜歡，一如他們對瑪麗・魏斯麥珂特所有作品一樣的不捧場。家母把作品交給 Heinemann 出版，並由他們出版她最後兩部作品：《母親的女兒》（一九五二）及《愛的重量》（一九五六）。

瑪麗・魏斯麥珂特的作品被視為浪漫小說，我不認為這種看法公允。它們並非一般認知的「愛情故事」，亦無喜劇收場，我覺得這些作品闡述的是某些破壞力最強、最激烈的愛的形式。

《撒旦的情歌》及《未完成的肖像》寫的是母親對孩子霸占式的愛，或孩子對母親的獨占。《母親的女兒》則是寡母與成年女兒間的爭鬥。《愛的重量》寫的是一個女孩對妹妹的痴守及由恨轉愛——而故事中的「重量」，即指一個人對另一人的愛所造成的負擔。

瑪麗・魏斯麥珂特雖不若阿嘉莎・克莉絲蒂享有盛名，但這批作品仍受到一定程度的認可，看到讀者喜歡，母親很是開心，也圓了她撰寫不同風格作品的宿願。

（柯清心譯）

——本文作者為阿嘉莎・克莉絲蒂獨生女。原文發表於 *Centenary Celebration Magazine*。

心之罪 ④

母親的女兒

作者／阿嘉莎・克莉絲蒂　譯者／柯清心

主編／賴佩茹　編輯／余素維
封面、內頁設計／邱銳致　企劃經理／金多誠
出版一部總編輯暨總監／王明雪

發行人／王榮文
出版發行／遠流出版事業股份有限公司　地址／台北市南昌路2段81號6樓
電話：(02)2392-6899　傳真：(02)2392-6658　郵撥：0189456-1
著作權顧問／蕭雄淋律師　法律顧問／董安丹律師
2012年12月1日初版一刷

行政院新聞局局版台業字第1295號
定價／新台幣280元（如有缺頁或破損，請寄回更換）

ISBN 978-957-32-7092-8

ylib 遠流博識網 http://www.ylib.com　E-mail: ylib@ylib.com
遠流謀殺天后 AC 粉絲團 http://www.facebook.com/ylib.AC2010

A Daughter's a Daughter

Agatha Christie, a Mary Westmacott novel.（本書係阿嘉莎・克莉絲蒂以瑪麗・魏斯麥珂特之名發表）

國家圖書館出版品預行編目資料

母親的女兒／阿嘉莎・克莉絲蒂（Agatha Christie）
著；柯清心譯. -- 初版. -- 臺北市：遠流, 2012.12
面；　公分. --（心之罪）
譯自：A Daughter's a Daughter

ISBN 978-957-32-7092-8（平裝）

873.57　　　101021077